HINT

HINT

久生十蘭 著
劉愛夌 譯

鈴木主水

武士的非法正義，久生十蘭的推理懸疑短篇集

導讀

小說魔術師久生十蘭的短篇饗宴

◎林斯諺／推理小說作家、東吳大學哲學系副教授

久生十蘭是二十世紀前半葉日本知名的小說家，被稱為「多面體作家」、「小說魔術師」。他的書寫涵蓋推理小說、時代小說、科奇幻小說以及一般的文學小說。他的多面性不只展現在風格的多變，就連單一作品有時候都難以用特定的類型去框定。例如他的長篇小說《魔都》，乍看之下是一本推理小說，但揉合了政治題材以及對於東京都會、人物的細緻描寫，反而更像是政治、都會與文學小說

的綜合體。《十字街》更將場景拉到巴黎，結合政治與歷史題材，刻劃時代與人性更勝於推理佈局。久生十蘭感興趣的不只是推理本身，更是小說的基本元素，包括人物、情節、題材或主題。推理對他來說只是多面體的其中一面，他更關心如何將多面的素材整合成一篇好看的小說。因此閱讀久生十蘭的作品，我們不必將自己限制在「推理」的視角，如此反而會忽略了其他面向。

本選集精選了久生十蘭短篇名作六篇：〈黑色記事本〉、〈預言〉、〈湖畔〉、〈母子的模樣〉、〈鈴木主水〉、〈喪心病狂〉。最後兩篇是沒有推理成分的時代小說，前四篇則可納入廣義的推理小說範圍（或者用「犯罪小說」（crime fiction）一詞更恰當，因為嚴格說來作者無意讓讀者進行推理）。由於這些作品風格與題材迥異，難以一體概括，底下分篇簡介。

〈黑色記事本〉屬於構思與設定都十分奇特的犯罪小說，場景設在巴黎，帶有異國風情。由於久生十蘭本人曾前往法國留學，因此本篇作品以及前述的《十字街》可視為反映作者本人的生涯背景。本作敘述一對經濟陷入困境的夫婦意圖謀殺一名數學天才，奪取他的黑色記事本，裡面記錄了破解賭盤的公式。做為敘事者的「我」某種程度介入了這樁犯罪。這是一個把藝術、科學、犯罪還有人性巧妙融合的故事，也描寫了日本人在異國的處境。閱讀過程完全無法預測故事走向，以構思奇巧取勝的作品。

〈預言〉可能是整本選集最接近懸疑推理的一篇。一名畫家因藝術品的緣故與一名精神科醫師的妻子走得太近，遭到醫師恐嚇。為了避免落人口實，他與未婚妻趕緊成婚，隨即搭上郵輪離開日本。在離開前畫家收到了醫師的信，信中預言畫家搭上郵輪後會發生的事，包括將槍殺自己的妻子接著自盡，沒想到預言一一應驗。推理小說常見的一個橋段便是「預知」。由於預知是不可能的，本身便會構成一個需要被解釋的謎團，作者必須提供合理的解答來說明預知何以能夠發生。預知呈現的方式通常有兩種。第一種是透過故事中某個角色來說出未來會發生之事，例如法國作家保羅・霍特（Paul Halter）的《第四扇門》（*La Quatrième porte*）。第二種是透過角色的夢境來預言未來會發生的事，例如東野圭吾偵探伽利略系列的短篇〈預知〉（收錄於《預知夢》一書中）。本作屬於第一種情況，而本作解釋預知謎團的答案正好也成為推理小說中常見的橋段——意外結局（surprise ending）。本篇因此是選集中最具備推理樂趣的一篇。

〈湖畔〉以逐漸式微的貴族為主角，描寫其曲折的犯罪愛情故事。當代推理作家對於沒落貴族之描寫的名作之一是奈歐・馬許（Ngaio Marsh）的長篇作品《貴族之死》（*Death of a Peer*），描述了整個貴族世家的生態。〈湖畔〉是短篇，因此將篇幅聚焦在身為貴族的主角之矛盾、壓抑的心理描寫上，結合了犯罪、愛情等要素，獲日本推理小說之父江戶川亂步極高評價。本作後來也被改編為久生十蘭誕生百年紀念舞台劇。

〈母子的模樣〉是本選集中篇幅最短的一篇，但也是技巧最高超的一篇。以

「戰爭的傷痕」為題材，透過獨特的敘事模式，逐漸揭穿戰爭遺孤脫序行為背後的殘酷真相，並以震撼人心的結局收尾。類似的題材可見於松本清張的短篇〈黑地之繪〉。松本清張以細膩寫實的筆法鋪陳，一步一步陳述事實。然而，本作是以懸疑驚悚小說的筆法寫成，強調閱讀過程中的意外性以及效果，用最短的篇幅達到最大的成效。推理小說之父艾德格・愛倫・坡（Edgar Allan Poe）曾說過短篇小說最重要的便是在讀者身上施加的效果，本作是一個極佳的示範，更別提在懸疑驚悚的外衣中還包裹了深刻的主題。本作在一九五四年發表後，被翻譯家吉田健一翻譯成英文，於一九五五年獲得第二屆世界短篇小說競賽首獎。這個小說獎是由《紐約論壇報》（*The New-York Tribune*）所舉辦，這也讓久生十蘭踏上國際舞台。隔年，〈母子的模樣〉改編電影上映。

〈鈴木主水〉也是久生十蘭最知名的作品之一，是一篇時代小說。本作在真人實事的基礎上做改編。鈴木主水是江戶後期的武士，與妻育有兩名子女。相傳他後來於內藤新宿與舞女白系殉情，這事件在江戶幕府時代末期成為民間流行歌謠。久生十蘭以真實人物及歷史事實為藍本，賦予整個事件血肉，但添加了更多政治意義。整體而言，作者將不倫的愛情故事包裹在「忠臣死諫」的政治故事中。當時播磨姬路藩的第三代藩主榊原政岑，無視將軍禁令，公然出入風月場所，成日花天酒地，喜愛聽三味線彈奏的音樂，這些歷史事實都被巧妙地結合於鈴木主水的殉情事件。這篇作品後來在一九五一年與柴田鍊三郎的〈耶穌的後裔〉（イエスの裔）一同獲得第二十六回的直木獎。

〈喪心病狂〉一樣是時代小說，題材與〈鈴木主水〉類似，只是沒有愛情成分，將重點集中放在武士個人的「正義」行動（是否真為正義其實是這篇小說一個值得探討的議題）。與〈鈴木主水〉相同，本作奠基在真實的歷史事件。江戶時代中期，藩主酒井忠恭的家老川合定恒（故事中的川合藏人）因反對忠恭更換領地，進而策動政治謀殺事件。根據同樣事件改編的小說至少還有松本清張的《酒井的刀傷》（酒井の刃傷）以及池宮彰一郎的《九思之劍》（九思の剣）。雖然本作與〈鈴木主水〉都不算是推理小說，這不代表久生十蘭的時代小說都沒有推理成分。久生十蘭另著有顎十郎捕物帳系列，描述江戶時代綽號「顎十郎」之主角的辦案故事，這說明「多面體作家」的美名並非浪得虛名。

總括來說，本書的六篇選文皆為久生十蘭的代表性短篇，雖然這六部作品無法代表「久生文學」的全部，但足以讓人見證「小說魔術師」的功力。

目次

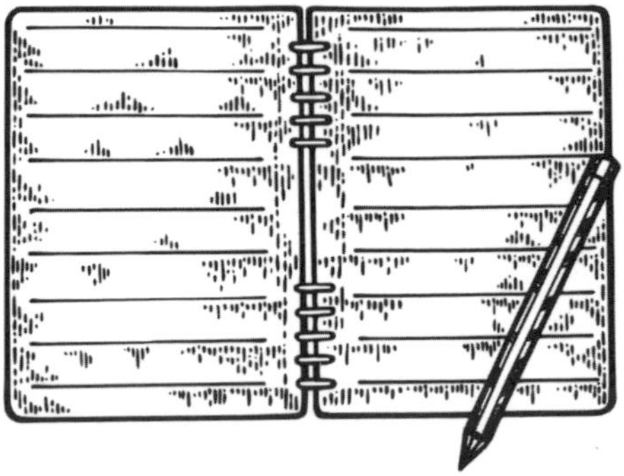

黑色記事本

他機械式地照順序押注，全程零失敗，短短一個小時就贏進了八十萬法郎。雖然這並非真的賭局，但我們彷彿能看見桌上堆著如山高的金幣，以及一捆又一捆的鈔票。

一本黑色記事本有如致命紅顏般躺在我的桌上，旁邊的花瓶裡插著一朵水仙花，花影落在記事本那摩洛哥皮革製的封面上。這本看似普通的舊記事本，裡面寫滿了某個男人的驚世研究過程，這原本能為他帶來無盡的榮華富貴，他卻在前天血染馬路，結束了其貧窮而孤獨的一生。

一對夫妻為了得到這本記事本，焦慮得像兩隻熱鍋上的螞蟻。最終他們未能得償所望，只能飲恨向北出發。反倒是從頭到置身事外的我，在各種機緣巧合之下，最後莫名其妙以遺物的名義接收了這本記事本。只能說，命運就是如此不機靈又不可靠。

一箱文件原本預計今早送達，誰知遇上一場突發事故，要延到明天才能送到。為了緩解等待的心煩，我決定將這本黑色記事本所引發的一連串事件記錄下來。簡單來說，就是關於那些纏繞在他與那對夫妻之間，難以捉摸的恩怨情仇。

當時他住在六樓的閣樓，那對夫妻住在四樓，我則住在中間的五樓，只要往上或往下走一樣的樓梯階數，即可觀察他們兩家的生活。那段時間，每次與樓下夫妻聊完天後，我都會直接上去六樓找他。這兩家人的狀況非常有趣，他們對彼此一無所知，卻又微妙地相互影響，身處中間的我則默默觀察著一切。

我不是文學家，或許無法把整件事情寫得趣味橫生，又或是闡述得條理分明，但我相信眼見為憑，我寫的都是真實所見。我有充分的寫作動機，但沒有全盤托出的打算。你可以說我寫這篇文章是為了懺悔過往，也可以說我只是在抒發感傷，隨便你怎麼想。

一、日幣從今年年中開始就不斷貶值，匯率僅三個月就跌了一半，六個月後更只剩下原本的三分之一。我每年的留學經費是固定金額，要繼續留在巴黎做研究，就只能看匯率調節花費，過著縮衣節食的生活。為此，我在半年內搬了三次家，而且環境一次比一次差。看到這次的新家我心想，如果要我住在比這裡更骯髒破爛的地方，那可真是不用做人了。

這棟房子的樓梯用繩索取代扶手，階梯又暗又陡，到處都是破洞。那天我冒著生命危險爬上樓梯，來到五樓第一間房間。房外有一扇小小的鐵窗，地板是由瓦片鋪成，斑駁的牆壁上還留著兩三天前滲透進來的雨漬，處處可見水珠點點發光。這種房間竟然敢拿來租人，房東的厚臉皮程度實在太讓人感動了。於是，我決定租下這間房間。我想日幣應該不會跌到讓我住不起這間房子的地步，暫時可以省去搬家的麻煩。

有天我一個人雙手抱胸坐在床上發呆，門外突然傳來敲門的聲音。一個男人走進我的房間，他的表情十分神秘，看上去活像個受了驚嚇的孩子。男人的頭頂相當稀疏，臉看起來卻只有二十一、二歲，彷彿全身只有臉部沒有變老似的。

他為了來房間找我，似乎還特地將上衣的鈕釦勉強扣了起來。他得緊緊縮著肚子，鈕釦才不會爆開來。禮貌性地打完招呼後，他口齒不清地說：「我就住在樓下，如果你不介意的話，我想請你到我家吃頓晚餐作為見面禮。」接下來他表達得不是很清楚，但意思大概是今天是聖誕夜，我一個人吃飯肯定是食之無味，他太太也很希望我過去。

二、那對夫妻的房間雖然簡陋，卻充滿了家庭才有的和睦氣氛。房內站了一個身材嬌小的女人，她是這個家的女主人，留著有如中國女人的眉上齊瀏海，看上去約莫二十四、五歲的年紀。她握住我的手說：「歡迎你來。」那眼神極為挑逗，彷彿沒有男人逃得出她的手掌心，語調也很不尋常，讓人有一種她在說「Je t'aime（我愛你）」的錯覺。

夫妻倆是在美國出生，父母都是日本移民，丈夫來法國修習聲樂，妻子則修習鋼琴。

席間聊完各自的身世後，便按照慣例進入看相簿時間。這家人的相簿也跟其他家庭一樣索然無味，直到我看到一張男人的照片。他留著平頭，長得有如賭徒一般凶神惡煞，這著實引起了我的興趣。我問夫妻這是他們的親戚嗎？他們說，這是一位在夏威夷擁有多座漁場的富商，雖然和夫妻倆沒有任何關係，但他們用功好學的態度激起了富商的狹義心腸，自願資助他們到巴黎遊學三年。多虧了富商的金援，夫妻倆才能在這裡讀書。

正當我準備起身回家時，窗外傳來一陣水柱從高處落下的聲音……很明顯是某人正在小便，看得我一股舒暢感油然而生。我問夫妻對方是誰，他們說：「是住在你樓上的那個日本人幹的好事。」還說那個人本來是畫家，現在每天都窩在房間裡算數學，聽說已經住在這裡超過十年了。

三、一月一日早上，我被樓上一陣跳躍聲吵醒，激烈的程度彷彿這裡只住了他一個人似的。這已經不是樓上第一次吵到我了，他經常整個晚上都在房裡來回踱步，又或是大力推倒椅子，但一大早就這樣未免也太過分了。當天花板的灰泥掉到我的臉上時，我終於忍無可忍，直接衝上去找他理論。

我不發一語地打開他的房門，一片詭異的景象印入我的眼簾。偌大的房間中滿地都是廢紙，數量非常驚人，積了大概有六十公分高，牆壁上還寫滿了數字和公式。而且他還隨地大便，廢紙間隱約可見成堆的固體。

一個男人在長椅上充滿敵意地瞪著我，他看上去約四十歲左右，身形極為消瘦，頭髮已然灰白。他長得非常特別，額頭異常寬大，下巴就像羽翼一般突出，稻穗般的眉毛下是一對有如烈火熊熊燃燒的雙眼，大概幾千個人裡才能找出一個這種奇特長相。

看到我擅自闖入，他怒不可遏的地吼道：「你進來做什麼？」我被房裡的惡臭熏得口眼難開，「這裡太臭了，先把窗戶打開再說。」我邊說邊推開斜屋頂上的窗戶。

「我的天花板快被你震垮了，拜託你小聲一點！」面對我的斥責，他竟一見如故地跟我聊了起來：「老實說我今天發生了件好事，正想找人說說話，這麼巧你就被我吵到上來了，看來我們挺有緣的……這無庸置疑是命運的安排。你說話的方式很合我的意，如果你現在有空，就坐下來陪我吧。我告訴你，我的研究即將大功告成，我馬上就能獲得無限財富！聽好了，是無限喔！無限，無限！你一定覺得我瘋了對吧？但我的腦袋清醒得很。這十年來我一直在研究輪盤，每天吃著有如垃圾般難以下嚥的食物，廢寢忘食地計算。一般學說都認為賭骰子是沒有規律的，龐加萊[1]、索邦大學的偉大數學家布雷努伊爾都已對此做過精密的計算和舉證。以猜單雙為例，不管是這一次擲出的點數，還是下一次擲出的點數，每一輪都是新的回合。好，這是他們提出的學說……但神奇的是，如果丟一千次骰子，奇數跟偶數出現的比率幾乎是一半一半。如果每一次都是新回合，為什麼不會連續出現一千次奇數或一千次偶數呢？數學家會告訴你那並非不可能，那並非不可能！」說著說著，他突然指向牆壁上的一套公式，「你是研究什麼的？看得懂這套公式嗎？」

牆壁上的公式是這樣寫的——

$$n = \frac{37r + 2}{18r \cdot 31 \cdot} + r - 2$$

我因為嫌麻煩，所以直接說我看不懂。

「這個公式證明，轉輪盤連續一百次出現紅色或黑色的情況，每一百年只會出現一次。由此可見，紅或黑並非隨機出現，背後是有一套規律的。我研究後發現，真的有一套建立秩序的法則，但我必須分析超過五十五萬種排列組合，才能找出這套規律……五十萬！你知道那有多困難嗎？我本來打算五年完成，結果不眠不休還是花了十年時間。我已經快要找出來了，已經完成九成九了。」說完，他從懷裡拿出一本黑色記事本在頭上揮舞，「那套公式就寫在這本記事本裡，有了這套公式，轉輪盤就不是只能期待奇蹟發生的賭博，而是一種非常簡單的排列組合遊戲，只要到賭場待個半天，就可以輕鬆贏得百萬法郎……你懂我為什麼會說自己即將擁有無限財富了吧。……或許你會覺得，我十年來不眠不休只為了研究賭博相當可笑，但我不是因為利欲薰心才投入這份研究的。我沒有任何可以賺錢的技能……別看我現在這樣，我以前可是個畫家。從十七歲開始，我有整

譯註1 Jules-Henri Poincaré，一八五四年—一九一二年，法國最偉大的數學家之一。

整十五年的時間都在努力精進畫技。十年前我來到巴黎，滿心期待地去參觀羅浮宮，卻在欣賞完無數傑作後迷失了方向。世界上已經有這麼多優秀的畫作，豈還有我出場的餘地……那天後我便封筆不再作畫。我實在是自不量力，沒有繪畫天分還妄想當上畫家，不僅浪費了十五年的青春，還每天都過著鬱鬱寡歡的生活，一想到這裡，我就覺得自己必須大氣地賺錢，五十歲才勉強存到十萬日圓那種賺錢方式太寒酸了，我無法忍受。」

我滿心同情地看著眼前這個耗費了十年歲月追求虛幻的男人，只覺得他既愚蠢又執著，賭博遊戲怎麼可能有規律可循呢？

四、隔天開始我把自己關在房裡讀書，每天都忙得昏天暗地，完全沒去找那兩家人。一天下午，我忙到一個段落後，便下樓去找那對夫妻。只見夫妻倆並肩坐在長椅上，丈夫一臉失神落魄，妻子則把她那雙充滿魅力的眼睛哭得又紅又腫。

一問之下才知道，他們早上收到一封信，信中說夏威夷富商的漁場被大海嘯淹沒，一夜之間成了身無分文的窮光蛋，不得已只能對夫妻停止金援，原本預計這個月要給他們的半年經費也因此泡湯。所謂的晴天霹靂指的應該就是這種情況吧，如今夫妻倆身上只剩下一千多法郎，再怎麼省吃儉用也撐不到兩個月。就算撐過兩個月，也不知道之後該何去何從。

「我先生除了唱歌沒有別的一技之長。我既不會縫紉，也不會打字，我爸爸說這些都是下等人做的事，不准我做這些卑微的工作。如果是在美國還能想點辦法，但遠在世道艱難的巴黎，兩個日本人要怎麼找工作餬口？我們的朋友都很窮，個個都是自身難保，根本沒有餘力幫助我們。我們的命運已經注定好了，不是餓死街頭，就是自我了斷。」

我勸她不要太悲觀，她卻刻意哭得梨花帶雨，那種高雅的哭法，彷彿是在向我強索同情，希望我能夠伸出援手。但我只打算聽聽而已，並沒有要幫助他們的意思。

五、三天後，我因故去找樓下夫妻。有如發育不良的童顏丈夫一看見我，就迫不及待地從椅子上起身說：「好消息！我們不用餓死街頭了，說不定還會發大財喔！你看這個。」此刻的他簡直可用滿面春風來形容，喜孜孜地把昨天的晚報遞到我的面前。「那真是太好了。」雖然還沒搞清楚狀況，但這終歸是件好事。我看向他指著的文章，標題寫著「蒙地卡羅大贏家」，內容在說一位名叫溫娜的英國婦人，一個晚上就在蒙地卡羅海灘俱樂部贏得二十萬法郎，俱樂部不知道是已經送了還是打算送她一份禮物，總之是篇無聊至極的報導。

丈夫一副喝太多劣質烈酒的樣子，說話顛三倒四的：「如何？是不是很厲害？一個晚上就贏了二十萬法郎耶！最近好像很多人在蒙地卡羅贏錢喔，上禮拜有三個德國人也在那裡贏了將近一百萬法郎，賭場還向摩洛哥公國申請延遲三天償付呢！我研究了一下賭局策略，打算拿身上僅剩的一千法郎去賭一把，反正我們本來就打算自殺，就算輸光了也沒差。搞不好……我們的命運會因此發生一百八十度的大轉變喔！」他激動得滿臉通紅。

桌上放了一份綠色的蒙地卡羅賭場週報，上面列出了滿滿的數字。丈夫指著第一頁說：「蒙地卡羅的二號賭桌前天早上八點到晚上十二點之間，依序出現了這些數字。我請我太太把這些數字唸出來，並從今早開始進行實驗，發現我們預測的點數跟蒙地卡羅賭場開出的差不多，而且成績還不錯喔！就算玩小一點，只下注五法郎也能贏得一千法郎，你懂我意思嗎？下五法郎就能贏一千耶！下一百就能贏兩萬，下一千就能贏二十萬耶！我現在就證明給你看！」他對妻子說：「我們繼續。」然後煞有其事地坐回桌前。

只見妻子拿起蒙地卡羅賭場週報，一本正經地模仿賭場的荷官說：「請下注。」那故作認真的模樣實在是可笑又可悲。接著她唸出一週前蒙地卡羅賭場開出的輪盤：「三十五……黑色……奇數……大……」那語調完全暴露出她的無知與粗鄙，最後還看準時機裝模作樣地說：「買定離手。」

丈夫全程瞪大眼睛盯著前方，就連轉過頭來跟我說話時都沒移開視線。「你看，已經連續開出十次紅色了，所以不可能再開出紅色，下一盤一定是黑色。」跟我說明完畢後，他大叫道：「我押黑色五百法郎！」然後在筆記本上寫了「黑五百」，代表他已下注。

結果開出了紅色。

「不是說好開出紅色就一直押紅色嗎？拜託你不要亂改策略！」丈夫被妻子這麼一罵顯得狼狽不堪，他急忙辯解道：「賭博又沒有百分之百準確的策略，只能盡可能減少輸錢和增加贏錢的次數，在輸贏之間賺取價差，輸個一兩次又沒什麼。但這盤會輸確實是我的錯，我不該隨意更改策略。好！那下一盤就照原定計劃押紅色！這次一定不會輸……我押紅色五百法郎！」

結果開出了黑色。看到這裡我實在忍不住了，便告訴他們六樓男人也在研究輪盤，而且花了整整十年才快要研究出成果的事。我的本意是希望他們別做蠢事，人家埋頭研究了十年都不一定能贏，憑他們這種一時興起的態度，要稱霸賭桌根本是癡心妄想。然而這對夫妻不僅沒聽出我的用心，還露出心癢難耐的表情，直嚷著要向對方請教致勝祕技。我面有難色地說：「那可是他研究了十年的心血，怎麼可能輕易告訴你們。」沒想到丈夫竟回答：「你放心，我們不會佔他便宜的，我會提供我們的策略作為交換，這樣他就沒理由拒絕了吧。」

他們拜託我以一起吃晚餐的名義邀請他下來作客。雖然我已經過了喜歡惹事生非的年紀，但這夫妻倆的厚顏無恥程度已讓我滿肚子火，於是我決定，就算費盡九牛二虎之力也要把六樓的住戶拖到這裡，好好把他們兩個教訓一頓。

六、上到六樓時，他正躺在長椅上抽菸。出乎我意料的是，房間被收拾得非常乾淨，地上已不見半張廢紙。倒是桌上積了一層灰塵，看起來很久沒有使用了。

他看見我便精神奕奕地起身，「每當我想見你，你就會自動上來找我，看來我們之間有類似電波的東西能互相感應呢。」

「我是來約你一起吃晚餐的，不過不只我們倆，還有四樓的夫妻。」

果真不出我所料，他堅決不肯答應，而且還用各種理由推託，說自己不擅長面對女人，早已不記得該如何與人交際。我只好拿出美食作為誘餌：「烤牛肉、鰻魚、生蠔、雞肉……這些都是特地為你準備的喔。」

他抱頭呻吟了一陣說：「你這是乘人之危啊！雖然你的策略讓我感到很不齒，但我實在無法抗拒美食的誘惑，走吧！」說完便起身跟我下樓。

他貪吃的模樣看得我目瞪口呆，像是在參加挑戰賽的模樣，將所有食物一掃而空，吃完後還旁若無人地打了個飽嗝。吃完飯後，丈夫跟他說，他們最近研究出一套輪盤的破解策略，還說可以就地展示給他看，然後也不等他回答，就打開賭注筆記本放在桌上。聽到丈夫這麼說，他驟然板起臉孔，轉過頭來不發一語地瞪著我。我想他已經知道發生了什麼事，只是沒有把話說破。

這次一樣是妻子扮荷官，丈夫扮賭客。跟上次不同的是，這天情況相當順利，只花了二十分鐘就贏了不少錢。他本來都是撐著臉默默旁觀，最後終於忍不住對他們破口大罵：「少在那邊做白日夢了！這算什麼狗屁策略！」被這麼一罵，童顏丈夫也惱羞成怒，揮著筆記本怒回：「我明明就贏了啊！」他說：「你是贏了沒錯，但這種方法之後肯定會輸！算了，跟你這種蠢貨講道理簡直就是對牛彈琴，我直接示範給你看，我來唸，你來下注。」奇妙的事情發生了，丈夫押黑就開出紅，押奇數就開出偶數，彷彿輪盤在刻意跟他做對似的。兩人展開了一場永無止盡的貓捉老鼠遊戲，縱使丈夫使出渾身解數，還是三兩下就輸光了他所有的虛擬財產，失神落魄地離開了賭桌。

「看吧，什麼狗屁東西，我只不過跳個三號唸就破解了，這種爛東西也敢自稱策略？你要好好感謝我知道嗎？還好有我讓你知道自己有多蠢，要是你拿這套策略去賭場犯蠢，最後肯定不是上吊自殺，就是流落摩洛哥街頭當乞丐，你還是量力而為吧！」一身處歐洲這塊貧窮之地，這對東洋人夫妻既不具謀生能力，後方又孤立無援，窮死對他們而言絕非只是威脅用的空話，而是極可能成真的事實。對這對無能的夫妻而言，賭博是他們最後希望，然而這唯一的希望如今卻灰飛煙滅，這讓他們大受打擊，失神落魄地跌坐在椅子上，那萬念俱灰的模樣令人不忍直視。

他盯著夫妻一陣後，突然從懷中拿出那本黑色記事本，在他們面前快速翻閱，只見裡面寫滿了密密麻麻的數字。「要破解輪盤，得先搞定無盡的數字，我花了十年時間都還沒有十分把握。你們一定覺得我能在賭場百戰百勝吧？那是不可能的。我現在就證明給你看輪盤這種東西有多難贏。」他對妻子說：「妳隨便唸一段蒙地卡羅週報上的數字。」妻子照做後，他先是撐著臉聽了一陣子，然後隨口叫道：「我押黑色最高賭注（一萬兩千法郎）！」結果真開出了黑色。

他再押黑色，輪盤跟著開出黑色，改押紅色後，輪盤又開出了紅色，才三局的工夫就贏進了五萬法郎（扣除一萬兩千法郎賭本）。他一臉滿不在乎，又押了兩次黑色、兩次紅色、一次黑色、三次紅色……然後重新押了兩次黑色、兩次紅色、一次黑色、三次紅色，而且每次都是押最高賭注。

神奇的事發生了，我們這才發現，輪盤一直不斷以黑紅交互的模式重複開出「黑2—紅2—黑1—紅3」（2—2—1—3）。

重複了十輪後，輪盤終於開出其他序列。這次是「紅1—黑1—紅1—黑

2」……然後不斷重複「1—1—1—2」這個數列。他機械式地照順序押注，全程零失敗，短短一個小時就贏進了八十萬法郎。雖然這並非真的賭局，但我們彷彿能看見桌上堆著如山高的金幣，以及一捆又一捆的鈔票。

夫妻倆滿臉通紅，看上去像喝醉了一般，眼神中充滿了炙熱的渴望，甚至發出粗重的喘息聲。這時妻子突然跪了下來，握住他的手說：

「求你……幫幫我們……」她的眼中盡是哀傷，「教我們……贏錢的秘訣……」

他聽到這句話，便急急忙忙將記事本收入口袋，彷彿守財奴在遮藏財寶一般。然後用參雜著悲傷與憤怒的語氣吼道：「賭博才沒有秘訣！」吼完便快步開門離去。

七、兩天後，我再度去了夫妻家。才進門，丈夫就神色緊張地拿起晚報，說他們剛才正在討論塔爾居命案。才兩天的時間，夫妻倆面容變得非常憔悴，眼睛周圍黑了一圈，眼眸中僅存一絲光芒，聲音滿是悲淒。說得誇張一點，我都快認不出他們了。

塔爾居命案是近期發生的一場兇殺案，一個女人用天仙子煮湯給丈夫喝，成功將丈夫毒殺。最後是因為家中女傭在附近到處碎嘴說老爺生病時脾氣異常暴躁，才讓整件事曝了光。

那天我在他們家待到深夜，正準備起身回樓上時，發現鋼琴上放了一本之前沒看過的書。我隨手拿起一看，竟是維特豪斯（R. A. Witthaus）所寫的《毒物學概說》（*Manual of Toxicology*）。我心裡覺得奇怪，下意識地看向夫妻倆想要尋求解釋。只見妻子異常鎮定地對我說，她以前寫過推理小說，跟雜誌《偵探》的編輯關係很好，現在打算從操舊業來貼補家用，所以才會買這本書來惡補。

八、回房後我立刻上床準備睡覺，卻因為心存疑念而翻來覆去睡不著。我懷疑那對夫妻打算用毒物取人性命，雖然我不願這麼想，卻還是忍不住去思考他們為何會引發我的懷疑。

第一是我進到他們家時的感受，丈夫跟我說他們是在討論塔爾居命案，但我很清楚地感覺到，他們當時應該是在討論某種十惡不赦的犯罪行為。

第二是夫妻倆對塔爾居命案的關注方式，他們對該案異常感興趣，關注程度甚至超越整個社會，而且將討論的重點放在毒殺。第三是那本毒物學的書，我拿起那本書時，丈夫明顯露出慌張的神色，妻子則非常鎮定地向我解釋該書為何會出現在他們家裡，那種過於沉著的態度根本就是此地無銀三百兩，展現出她的口是心非。重點是，他們為什麼要買那本書？每個人的思考方向基本上是固定的，這對夫妻打破困境的方法不是奮發向上，而是想靠賭博翻身，這種容易動歪腦筋的人，在追求想要的東西時，很容易就走上殺人的歧路。

想到這裡，一個新的念頭佔據了我的內心——我想要默默觀察他們的謀殺過程。這種不正常的想法讓我感到很不舒服。那對夫妻打算殺掉六樓的男人，他們正細心謀劃，一步一步奪取對方的生命，過程中應該會幾經波折，最後大功告成（又或是以失敗告終）。也就是說，我即將見證一場謀殺的過程。這可是千載難逢的機會，不是每個人都有幸看到另個人一步步走向死亡的陷阱之中。而且我還能從加害人和被害人的雙面角度進行觀察，從後台窺探「命運」的操盤手是如何操縱每一個細節。不過我是個有操守的人，不會同謀害人，頂多只是當個旁觀者。在整個過程中，我必須保持一顆冷酷的心，不能給予加害人任何引導或指示，也不能對被害人感到同情或憐憫。此外，還必須維持公正的態度，既不能嫌棄加害人，也不能嘲笑被害人。我只打算默默觀察全程，並不期盼殺人計劃能夠成功，無論結果如何，我都能從中吸取經驗與教訓。

為了觀察更多細節，我必須設法進一步接近他們。樓上的男人還好辦，樓下的夫妻要每天見面就有點牽強了。不過我還是有辦法，我打算用一個人住不方便為由跟他們搭伙，只要多付點錢，他們應該不會拒絕。

還好我外表看起來人畜無害，在樓下夫妻眼中，我應該只是個不諳世事的庸才，所以不會對我有所防備。

不過，這些事情用想的很簡單，在執行時還是會感到道德倫理的壓力。說得極端一點，我也是這件案子的共犯。

九、隔天早上我依然興致不減，照計劃到樓下詢問搭伙一事，果真不出我所料，妻子一口就答應了下來。為方便追蹤殺人計劃的進度與細節，我特地到圖書館借了妻子手上那本維特豪斯所寫的《毒物學概說》、昆克（Kunkel）的《毒物學綱要》（*Handbuch der Toxilogie*），還有另外兩本書。

十、一月十三日，差不多該著手觀察了。我準備了一本記事本，預計用醫生臨床日記的寫法，將夫妻所有跟犯罪有關的言行逐一記錄下來。

只要用點技巧，要打聽計劃內容並不困難，但我只想當個旁觀者，不打算用計探聽。過程中我必須留意自然發生的外部徵兆，偶爾試探雙方的心理狀態，幸好我的研究目前已經告一段落，可以投入一整天的時間來進行觀察。我將計劃分為早中晚進行，上午研究毒物學，下午去樓上找那個男人，晚上則到樓下找夫妻。

不過，我很快就遇到了瓶頸，那就是用什麼理由才能每天上去六樓。那男人的觀察力非常敏銳，若隨便搪塞敷衍，很容易就會引發懷疑。

自從那天在樓下不歡而散後，我一直沒有機會去找他。這天我打算上去找他一趟，為自己的不成熟向他賠罪，再設法尋找可以每天上門拜訪的藉口。

上樓後，只見他悵然若失地靠在窗上，一個人眺望巴黎的天空。轉頭看到是我，他先是露出困惑的表情，然後指了指椅子示意我坐下。看來我來的並不是時候，但我還是按照計劃向他道歉：「上次的事很抱歉，我為了讓那兩個無知之徒得到教訓，耍了一點小花招把你騙去吃飯，沒想到最後竟鬧得如此不愉快，真的對你很不好意思。」

他本來都沒有看向我，似乎不想提起那一晚的事，後來卻突然轉了過來，用一種難以言喻的愁容對我說：「我根本就不在意，你其實不用特地來向我道歉。那天晚上的事有如一記當頭棒喝，我這份研究必須從頭來過了。」他一臉萬念俱灰的模樣，「就哲學的意義而言，賭博是沒有規律可循的，這句話說得一點都沒錯。那天晚上我才驚覺，原來我的研究不具任何價值，這本黑色記事本裡的公式跟規律根本就是一場空……那晚我本打算故意輸給他們看的，縱使那對夫妻再怎麼魯莽，在親眼看到一個研究了十年賭博的男人大輸特輸後，應該也會放棄靠賭輪盤翻身的念頭，明白自己的想法有多麼愚蠢。所以我隨機想了個數列，打算不斷重複這個數列來押注，照理來說，這種方式是不可能贏的。一開始我先押黑色，反覆照 2—2—1—3 這個數列下注，沒想到全都中了。我不信邪，改照 1—1—1—2 這個數列下注，結果又是全中。我本來是想故意輸的，最後卻勝局連連。我想你應該知道我想說什麼了吧——對輸贏毫不關心才能夠征服輪盤。規律和策略對輪盤完全起不了作用，如果賭博真有所謂的規律，那也只有恬淡無欲、對輸贏置身事外之人可以使用……我對財富的欲望比任何守財奴都強烈，在賭桌上有如餓死鬼一般貪婪。像我這種人若帶著策略坐上賭桌，最後肯定是傾家盪產，光用想的就令人毛骨悚然……之後我打算從事這方面的研究，對此進行各種修練，在達到恬淡無欲的境界前，絕對不碰輪盤……可是啊，」他無奈地笑了笑，「如果真達到如此高深的精神領域，應該就不會想玩輪盤了吧……那晚你的做法是有瑕疵，但我還是很感謝你讓我明白這點。另外還有一件事……算了，還是不說了。」

說到這裡，他莫名將視線移向窗外，憔悴的臉頰有如少年一般浮上兩朵紅暈，看上去就像是兩朵初開的紅玫瑰般閃耀。沉默了一會後他又說：「都是我在講話，你找我有什麼事？」我問他，之後我可以每天來找他聊天嗎？他答道：「我高興都來不及呢。」

十一、之後我隔了整整四天才去找他。照計劃來看，我應該要每天都去找他的，但礙於我必須盡快吸收毒物學的相關知識，所以除了晚上，其他時間都在埋頭苦讀。這天我的主要目的，是要去確認將死之人的死前樣貌。一般將額頭出現紅斑稱作橫死之相，不知道他是否已經出現紅斑了呢？

我上去的時候，他抱著頭仰躺在長椅上，臉上雖蒙上了一層煩憂的陰影，卻不見任何將死之色。他先是瞄了我一眼，然後沒頭沒腦地說了一句：「喂，我都快不認識我自己了。」

「我深深愛上了樓下的太太。本來我是沒打算跟你說這件事的，但我真的痛苦到快要受不了了……我沒有辦法解釋這是如何發生的，我以前從未有過這種經驗，花了好長一段時間才明白這種感覺是戀愛。一開始我以為這是性欲引發的錯覺，還特地去了一趟史芬克斯（巴黎的一家公娼），結果發現這份感情不是源於肉體的飢餓，而是心靈的渴望。

我就老實告訴你吧，這是我四十三年來第一次墜入愛河。或許你會覺得很可笑，但你應該能感受到我內心的火熱。你知道我這十天有多麼心煩意亂嗎？說了你大概也不懂，只能說，我體會了人類最為煩悶的苦惱。說得直接一點，我想要得到樓下太太的愛、想將她佔為己有，這份憧憬與渴望已經快把我給逼瘋了。但我跟她是不可能的，藝術與賭博已將我的戀愛資格消耗殆盡，這兩個愚蠢的東西耗光了我的青春、健康與精力。更何況她還是別人的妻子，這是個很嚴肅的問題，無論基於什麼原因，我都不允許自己侵犯這條道德底線……所以只能強忍著痛苦，將這份感情埋藏心底。」

他這段話聽得我啞口無言，此時的我心如止水，不知該如何面對眼前這個壯烈的靈魂。而他那近乎固執的笨拙，也讓我第一次清楚看見他的命運走向。

十二、那晚我準備回房時，四樓的丈夫對我說：「最近床蝨愈來愈多，我們想要閉門做燻蒸消毒，你的房間要不要也順便消毒一下？只需要兩天的時間，這兩天你就去投宿附近的旅館。」我說：「要消毒是可以，但我怕燃燒燐會傷到我的標本。」他答：「這個你不用擔心，我們使用的是一種叫作普內利馬的無毒燻蒸藥劑。」

回到房間後，我立刻查閱普內利馬是什麼物質，才知道那是一種氰化物，燻蒸時會發出一種致命性氣體，只要吸入一點點就必死無疑，而且必須經過全面解剖和極為精密的毒物檢測才能找出正確死因。奧立佛在《中毒死亡實例》一書中提到了六年前在法國尼斯一家旅館中發生的案例，一名旅館經理在對一樓空房進行燻蒸消毒時不慎洩漏氣體，導致當時在二樓睡覺的男子不幸死亡。一開始完全找不出男子的死因，後來是基於某個私人原因，對男子進行了多次精密解剖和毒物檢測實驗，才發現他是死於毒氣。如果夫妻倆在我的房間燻蒸氰化物，再稍微洩漏一點氣體到樓上……結果可想而知。

夫妻倆這精妙的計劃令我嘆為觀止，誰能想到樓上男人的死竟與樓下消毒有關呢？可是，隔天早上我還是以學業繁忙為由，拒絕了他們消毒的提議，因為如果我讓他們消毒房間，就等於積極地協助了他們的計劃。拒絕完後，我直接上到六樓去找他，他似乎感冒了，滿臉通紅地躺在床上。他看上去相當畏縮，但還是紅著臉用非常委婉的方式告訴我，他生病沒辦法照顧自己，希望能請樓下的太太幫他送飯。

我不禁同情起他那可憐兮兮的情意，雖然明白他內心的痛苦，但我可不願為夫妻倆製造下手的機會，於是便對他說：「這種事情不用勞煩樓下太太，我來就可以了。」正如我所預料的，他聽完後相當沮喪，而且從那之後就沒給過我好臉色看，不是用眼神怨恨我的無情，就是用態度告訴我他不歡迎我來。

十三、三天後的晚上，妻子請我邀六樓的男人一起來他們家吃晚餐。我一眼就看穿她有所圖謀，畢竟他們連養活自己都有問題了，怎麼有閒情逸致邀別人來家裡作客呢？肯定是又策劃了什麼新方法。我擔心他們是要找機會下手，所以告訴他們六樓的男人身體不舒服，應該沒辦法赴約。

隔天晚上我到樓下時，正好碰見妻子在床上吞藥丸，藥盒上寫著「波里摩斯錠」。我問她是哪裡不舒服嗎？她回道：「我最近總覺得沒什麼精神，所以在吃滋補藥。」吃完飯後，我背對著夫妻倆專心讀報，無意間一抬頭，竟看到鋼琴的黑色烤漆上照映出一幅不尋常的景象——夫妻倆人互相用眼神示意，然後用交雜著怨恨和憎惡的眼神瞪向正在看報的我。

回到家後我整夜睡不著，沉浸在這輩子從未感受過的膽戰心驚之中。大概是我打探得太過頭了，他們已察覺到我的企圖，雖然仍處於懷疑的階段，但對我而言一樣危險。如果夫妻知道我已經看破他們的詭計，肯定會殺我滅口，而且他們有眾多機會對我下手。

十四、隔天早上，我立刻翻閱《成藥處方手冊》查詢波里摩斯錠的內容物，得知那是一種含有極微量亞砷酸的滋補藥。為什麼她要服用極微量的亞砷酸？答案很明顯，她是要慢慢增加劑量服用，讓身體習慣這種成分，這麼一來，之後跟我們一起吃下致死量的亞砷酸時，就不會對生命造成危害。我急忙查詢亞砷酸的解毒劑，發現最有效的方法是注射亞甲藍（Bleu de Méthylène）。方法是知道了，但我根本沒有取得亞甲藍的門路。看來唯一的辦法就是跟樓下的太太一樣，先服用極微量的亞砷酸，之後再逐步增量。可是……為了觀察殺人而賭上性命，這未免也太愚蠢了。

十五、晚上我到樓下時，只有丈夫一個人在煮飯。我問他：「你太太呢？」他說她去照顧六樓的男人了。為了得到那本沒用的老舊記事本，這對夫妻終究還是抓住了下手的機會，看來那男人被毒殺是遲早的事。我想，他們大概會每天都餵他吃亞砷酸，讓他的身體功能逐漸退化，最後像風中殘燭一般永遠消失。我上到六樓時他正在睡覺，額頭上的汗水隱約可見。朦朧的冬日夕陽灑在他的臉上，在他臉上留下曠遠迷茫的氣息，那讓他的臉看上去輪廓更深、鼻子更挺了。他擁有堅忍不拔的精神，以及有如少年一般純真的靈魂，然而像這樣的男人，竟然即將要死在那對低賤的夫妻手中。我在心中對他說：「你就要死了……雖然我們才認識不久，但一想到要與你生離死別，我就有如失去多年摯友一般悲傷。」這個男人實在太命苦了。

隔天半夜，房門外的走廊傳來一陣慌亂的腳步聲。打開門一看，發現是樓下的太太。一問之下才知道，樓上的男人一直在吐，她正要去幫他叫醫生。

上樓一看，他果真狂吐不止，而且好像吐到快沒東西吐了，不斷吐出淡紅色的水。

天快亮時我又去了六樓一趟，開門後的景象令我大吃一驚——夫妻倆正忙前忙後地照顧男人，他們似乎徹夜未眠，兩個人的眼睛都又紅又腫，而且看起來心急如焚。妻子忙著幫熱水袋換水、拿尿布，丈夫則將男人的腳貼在自己赤裸的胸前，用體溫幫他暖腳，偶爾還會將耳朵靠近他的臉確認呼吸，若是他表情比較舒緩，又或是呼吸比較平穩，夫妻倆就會喜極而泣，然後淚眼婆娑地兩兩相望。我看得一頭霧水，不知道該如何解釋眼前的情形，最後只能茫茫然地回到房間。

十六、他的狀況有如得了痢疾一般嚴重，被夫妻倆細心照料了兩週後，竟奇蹟般地撿回了一條命。這天他一個人坐在床上，看到我來，便示意我在床邊坐下。他說：「我會變成這樣，是因為我想自殺，每天晚上都在喝雨水槽的髒水。我如果繼續活下去，生命只會被賭博研究消耗殆盡，我不願死得如此不堪。過勞將摧殘我的肉體，就算我真研究出輪盤的必勝策略，成功贏得大把鈔票，也是有命贏沒命花。這四十三年來，我汲汲營營地追求藝術夢想，沉迷於賭博的幻影，甚至沒談過一場戀愛，一路咬著牙撐到了今天。我已經受夠了，就算將來能享盡榮華富貴，我也不願再過一次這樣的生活。我想要人模人樣地死去，趁著內心還感受得到一點愛情、還保有一絲柔情蜜意時，離開這個世界。不是為了賭博，而是為了愛情而死。我的願望是談一場這輩子僅有的戀愛，然後在情人的照顧下死去。可是，我卻在那對夫妻無微不至的照顧下活了過來。」他說話時，嘴唇兩邊的皺紋也跟著嘴型一起動。

十七、兩天後，夫妻倆來到房間與我道別。妻子說，他們有事情想向我懺悔。

「我們本打算殺了六樓的大師，為的是什麼……我想你應該已經知道了。但這真的不是隨隨便便能夠做到的，每次到了關鍵時刻，我們總是面面相覷，然後嘆一口氣，怎麼樣就是下不了手。當初我們主動上去照顧他，本是為了能夠隨時了結他的性命，沒想到我們夫妻倆卻開始互相監視，把彼此當作敵人，生怕對方會對他下手。每次只要他的病情惡化，我們就會懷疑是對方下毒所致。後來我們終於受不了了，與其這樣折磨自己，我們寧可流落街頭餓死。然後他就突然生了那場大病，如果他就這樣撒手人寰，不就像是被我們的惡念害死的一樣嗎？所以我們才會拚了命地照顧他，幫助他恢復健康。」

丈夫說，他們之後要搬到比利時的溫泉勝地，用自己的破解策略在那邊賭輪盤維生。他們的目的不是大贏，只要能夠溫飽就心滿意足了。「如果真的輸光了家當，我們就會兩個人共赴黃泉。」說到這裡，他轉頭看向妻子，妻子則覆上丈夫的手表示同意。

隔天傍晚，夫妻倆便啟程前往比利時。他們搭上計程車後，仍不斷向我揮手道別。

十八、五天後我再度上去六樓，只見他整個人皺巴巴地躺在床上，不僅身體骨瘦如柴，臉也乾癟到令人不敢置信的地步。見到我來，他先是怒瞪了我一眼，然後衝著我發火：「喂！我等了你整整三天……我已經動彈不得了，手腳萎縮，沒辦法自己行動。」我問他怎麼了，他悻悻然地撇了撇嘴說：「我為了自殺，什麼亂七八糟的東西都喝了，眼藥水、煙草湯、洗照片的顯影劑……結果醒來就變成了這副模樣。」他用那雙有如熊熊烈火般的眼眸注視著我，「我一直在等你來，拜託你把我從窗戶扔下去。如果我手腳還能動，早就自己爬過去跳樓了。我很不想死前還這樣麻煩別人，但我連手指都動不了，真的是不得已才拜託你。一個人沒錢又孤身在外，還全身癱瘓動彈不得，你應該知道這樣活下去有多麼淒涼吧？你不用勸我，看在我們是朋友的份上，拜託你在我人生的最後接下這個不討喜的請託。遺書我已經寫好了，就放在那邊的桌上，你不會惹上任何麻煩的……這樣說你或許會覺得很奇怪，但能被你扔下去我真的很高興……至少我不用在法國這個異地、在這個骯髒的房間裡一個人對著牆壁孤單地死去……至少還能在人生的最後一刻感受你手臂的溫暖……」

「好，我答應你。現在馬上就扔嗎？」

見他點點頭，我毫不猶豫地一把將他抱起，他輕到令人不敢置信。

他心滿意足地呢喃道：「我已經破解輪盤系統了，我贏過龐加萊了。記事本就在我胸前的口袋裡，你看過就知道了。」

「你的意思是，要把記事本送給我？」

「對。」

我將記事本從他的胸前抽出，放進自己的上衣口袋，然後扶著他，幫助他站在窗框上眺望巴黎的各色屋頂。半晌，他皺起眉頭說：「可以了。」

我從背後用力一推，他先是沿著陡峭的屋簷往下滑，然後撞到飛檐的突起處，在空中翻了一圈後，以頭下腳上的姿勢垂直墜入了黑暗之中。

天空已然泛白，是時候該罷手了。我將記事本丟入火爐中，為這整件事做了一個乾淨俐落的了結，而且永遠不會再回想起來。

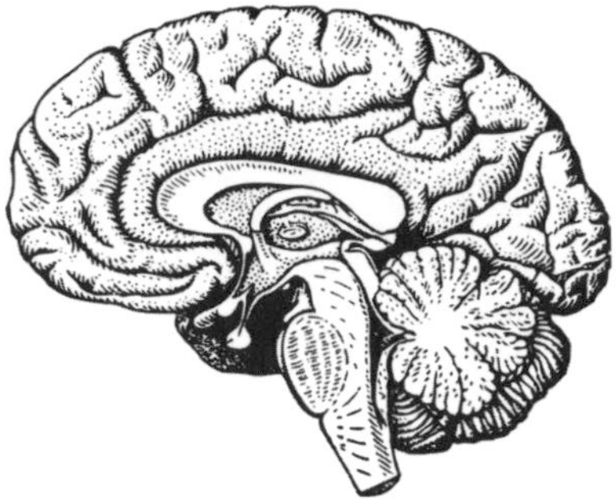

預言

快到四點時，女傭給安部送來一個綁著金色繩結的禮盒，說是石黑先生送的禮物。那是用摩洛哥皮革製成的盒子，約十二到十五公分的大小，看起來輕巧，拿起來卻頗有重量。

十五銀行[1]破產後，安部忠良的家道也跟著中落。他和母親淪落到只能在四谷谷町租屋生活，這間僅有兩個隔間的小屋採光很差，而且還又爛又破。姊姊勢以子已嫁給皇族，年屆七十的母親只能幫人縫製木屐上的花布來貼補家用。安部因為積欠學習院[2]好幾個月的學費，被迫退學進入麻布中學就讀，沒過多久又被麻布中學趕出校門。他便順水推舟，每天窩在家裡盡情畫畫。

不過，即便再怎麼窮，他們還是沒有賣掉亡父的貴族宮廷服。二十歲繼承爵位的那天早上，安部穿上那件宮廷服，像「一之谷之戰[3]」中的源義經一般威風凜凜地坐在家中，但因家裡連張椅子都沒有，只能坐在飯桶上。當時已瞎了眼的母親竟從病床上爬了過來，她撫上衣服的桐紋，又摸了摸褲邊的金線，喜出望外地說：「你終於當上從五位[4]了……」說完便撒手人寰。

安部從十七歲就開始畫畫，但畫來畫去只畫蘋果。他每次都買來蘋果看著畫，爛掉後再去買新的。姊姊勢以子對此相當不以為然，一開始只是問他：「你為什麼不畫點別的東西呢？」後來愈看愈覺得不順眼，開始反對他畫蘋果。但安部其實是經過深思熟慮的，他想要透過塞尚（Paul Cézanne）的思想來釐清事物最原本的模樣，用線條與色彩追求蘋果本身的深奧玄妙，除此之外他都不感興趣。

安部雖稱不上美男子，但他待人溫厚，給人一種爽朗大哥哥的感覺，也因此擄獲了一眾年輕女孩芳心。在我們的好口碑下，朋友的妹妹、姪女都很喜歡他，常有女孩三五成群地在四谷的見附、仲町等地等待他的出現，甚至有很多人對貧窮的安部進獻錢財。最後由酒田忠敬的二女兒知世子拔得頭籌，成了安部的未婚妻。

酒田家的財產多到知世子一輩子花不完，在岳家的支援下，安部的生活輕鬆了不少，有整整四年的時間每天都在作畫。安部死去的那年春天，他聽說一位名叫石黑利通的人，在巴黎跟藝術品經銷商沃拉爾買到了兩幅塞尚的靜物畫，因為

譯註1 於一八七七年創立，一九二七年因經營不善而破產，許多皇親貴族因此受害。

譯註2 當時專門給貴族讀的學校。

譯註3 一一八四年源氏和平氏相爭的關鍵戰役，源義經於該戰役中戰功彪炳。

譯註4 日本舊時位階制度中的貴族。

石黑目前還在維也納研究精神病學，所以先把這兩幅畫寄回了日本的家。

塞尚對安部而言是有如神一般的存在，他從塞尚身上獲得了諸多精深的啟示。聽到這個消息，安部當然不可能放過這難能可貴的機會，於是便在沒有任何人的引薦下，唐突地拜訪了石黑家。

石黑太太聽到他的來意後，一臉驚訝地說：「奇怪，這件事應該沒人知道才對啊……」但還是大方地讓安部進門參觀。

石黑買到的兩幅畫，一幅畫的是陶壺和檸檬，另一幅畫的是青蘋果。雖然已在畫冊上看過無數次，但這還是安部第一次親眼見到塞尚的作品。原來這就是塞尚的色調，這就是塞尚的藍與黃，那適量打在物體上光，與物體之間那種難以言喻的適量氛圍，塞尚獨鍾的朦朧沉靜午後光線……眼前的一切都是如此真實，看得他目瞪口呆。

那次以後，安部便經常到石黑家看畫。因石黑不在國內，只有石黑太太獨守空閨，那些常在路邊等待安部的女孩們開始對此議論紛紛：「沒想到安部哥是這種人。」安部和石黑太太有染一事傳開後，不知道是為了什麼原因，有天石黑太太突然就吞一種名為佛羅拿（Veronal）的安眠藥自殺了。因《每日晚報》直接在報導中寫出了安部的名字，導致這件事鬧得沸沸揚揚。

安部曾約我一起去石黑家看畫，所以我見過石黑太太一次。那天她精心打扮了一番，身穿胭脂紅的直條紋高級和服，腰間綁著正式的古董金襴緞腰帶，還戴著大大的石榴石首飾。石黑太太趁著我們在看畫的期間，迅速備好了酒菜。

「你們兩個今天都別想逃出我的手掌心。」

她盡說些不得體的話，然後拉著我們兩人坐到椅子上，一下撫媚地拉起安部的手，一下風情萬種地靠在他身上，但安部只是直挺挺地坐著，臉上掛著沉穩的笑容，酒也是要喝不喝的。石黑太太不知道是因為惱羞成怒還是覺得丟臉，突然就哭了出來，她口中唸唸有詞，用力揉了揉臉，把鼻頭和雙頰揉得跟被打過一樣紅。她的眉毛本來就很淡，再加上眼睛又圓又大，看上去活像上野動物園裡的紅臉猴，實在非常難看。這種姿容別說我們了，再怎麼不挑的男人，也不會對她出手。

我問安部他跟石黑太太是怎麼回事，他只回了一句：「我們之間沒什麼。」並沒有多做解釋。也是，他的未婚妻知世子身心健全，長得又漂亮，就算撇開知世子不談，安部身邊喜歡他的女人也是多到數不完。安部的個性有福同享，從不做偷雞摸狗的事，我們這些認識安部的人，都很清楚他不是傳聞中的那種人。石黑太太的自殺也相當蹊蹺，就她的個性來看，應該不會因為安部不喜歡她就想不開。當時石黑人已來到西伯利亞，他一路上都在想著要怎麼報復安部，我想他一定是太過投入，最後才會入戲太深。

十天後，石黑回到了日本。他外表看起來清新脫俗，而且擅於理財，將位於落合的醫院經營得有聲有色，是個心智健全又充滿處世智慧的男人。但其實，他的內心滿是惡念，既善妒又記仇，個性負面陰沉。石黑不僅到報社告發安部，還寫了一篇〈憶吾自殺亡妻〉投稿到女性雜誌，控訴安部勾引他老婆，輿論也因此開始撻伐安部。

酒田家為此怒不可遏，一狀將石黑告上了法院。但安部在石黑不在家期間頻頻上門是事實，這一點實在是站不住腳。為此，我們這群朋友還跟伯爵團的人特地約在會館商量對策，因擔心事情可能會鬧到眾議院那裡去，大家決定盡快讓安部和知世子結婚，再把他們送去法國避風頭。行程訂得非常倉促，結婚典禮預計十一月二十五日於日比谷大神宮舉行，當晚於麻布的酒田家宅邸舉辦宴客舞會，隔天二十六日就直接到橫濱，搭上法國郵輪安德蕾・蕗本號離開日本。

結婚典禮前一天，我和剛從維也納回國的柳澤兩人待在一起，安部正好來拿之後要帶到法國交給莫內的介紹信，三個人就這麼聊了起來。突然間，安部像是想起什麼似的，語帶揶揄地說：「石黑可是個偉大的預言家喔，他預言我今年十二月會自殺呢。」

安部笑道，昨天石黑寄了一封信給自己，信中是文謅謅的長篇大論，充滿了輪迴、報應等艱難理論，最後還說他已透過觀法預見安部的命運，並細列出安部搭上安德蕾・蕗本號後的幾十天內每天會發生哪些事情，像是於幾號到達西貢、隔天將發生哪些事、幾號會在吉布地（Djibouti）遇到什麼事、幾號會在拿坡里做什麼、到時會看到哪些景象……等。內容鉅細彌遺，甚至包括安部跟別人聊天的內容、天氣狀況，彷彿這一切就發生在他眼前似的。而且，他還預言事情會有錯綜複雜的發展，安部將因故槍殺知世子和某人，最後再舉槍自盡。

我聽完滿肚子火，「胡說八道也該有個限度。佛教中的摩訶止觀、十乘觀法難度都非常高，有句話叫『持靜寂之明智者方能觀照萬法』，觀法哪是那麼容易做到的？以前是有人達到這種有如透視的境界，但打從增賀上人、寂心上人的時代後就沒再出現過了，至今已沒有任何大師能讀懂止觀的文章，更何況是石黑那種蠢貨。」

安部解釋道，他之前為了和石黑和解，特地邀請石黑參加婚宴，可能正是這一舉動激怒了石黑，石黑才會送這封信給他。

本在一旁安靜抽著菸的柳澤，聽到這裡突然開口：「增賀和寂心我是不清楚，但歐洲倒是有不少像丹尼爾・霍姆（Daniel Home）這種超能力者。」

他接著說：「你們剛才提到石黑，我倒是聽過一個他的傳聞。當年光子夫人嫁給奧地利公使凱勒奇伯爵後，不是跟著伯爵前往奧地利居住嗎？她就住在維也納附近，常有日本人前往她家聚會。台維斯盃（Davis Cup）網球賽結束後，S選手和女鋼琴家T從柏林來找光子夫人，中途石黑也到場，沒想到S和T看到石黑後臉色大變，開始口出惡言羞辱他。石黑好像曾對T的一個女生朋友做了很過分的事，總之當下他們吵得非常兇，甚至還驚動了光子夫人居中調解。之後沒過多久，T就在柏林出車禍去世了。根據目擊者的說法，當時號誌明明是紅燈，T卻像在夢遊一般搖搖晃晃地走出馬路，才會導致憾事發生。因為T的行為實在太詭異，有一陣子大家都說她應該是自殺。奇妙的是，隔年S在搭船回日本的途中，也莫名其妙在馬六甲海峽投海喪命。」

「真令人難以置信……難道說，這兩人的死與石黑有關？」

「我也不確定，我只知道石黑是動物磁氣學家伯恩海姆[5]的學生……不過也實在不好說。這讓我想到搞垮羅曼諾夫王朝皇室的拉斯普丁，他是梅斯梅爾（Franz Mesmer）的學生，聽說和拉斯普丁作對的人最後都會用詭異的方式自殺，光是皇宮內就有十個案例。」

「你是說有人可以操縱他人的意識？聽起來真可怕。但這世上真的有這種神奇的力量嗎？」

「有，而且更可怕的是，這類人要操縱他人簡直是易如反掌。我研究過沙可和伯恩海姆，這種事情不需要解釋，信者恆信，就算你不相信，也不能忽視這股力量。因為現實中確實有血淋淋的案例，S和T就是一個例子。」

隔天的婚禮於下午三點多結束，因四點鐘就要開始宴客，兩個新人回到麻布的宅邸後，知世子就先到造型師所在的房間換衣服，安部則一個人待在客廳。快到四點時，女傭給安部送來一個綁著金色繩結的禮盒，說是石黑先生送的禮物。那是用摩洛哥皮革製成的盒子，約十二到十五公分的大小，看起來輕巧，拿起來卻頗有重量。安部滿心好奇地打開禮盒，裡面竟裝著科特二十二號自動手槍。當下安部只感到震驚，一想到石黑是用什麼表情綁上繩結的，他就覺得這個人真是蠢到令人生不氣來。安部本打算在感謝卡上寫「您的心意我心領了」，然後連同手槍寄回給石黑，但正巧知世子走了進來，他擔心手槍嚇到知世子，只好先隨手收進褲子後方的口袋裡，之後到了宴客時間，兩人便一同走下樓。

安部和知世子笑咪咪地站在門口迎賓，一進門就能看見綾波閣（リンブルゴ）的荷蘭瓷大花瓶，裡面插著一抱盛開的玫瑰。酒田來到會場後，對賓客用下巴指了指知世子和安部，一臉驕傲地說：「真是一對璧人啊。」

身穿嫁衣的知世子美若天仙，穿著燕尾服的安部也是玉樹臨風。我並不嫉妒知世子搶走了安部，但看到這天作之合的景象，還是覺得心中有些惱火。

「這麼一個好男人，實在有點可惜呢……」

譯註5 Hippolyte Bernheim，一八四〇年—一九一九年，研究催眠和心理治療的法國知名醫師。

身後的松久聽到我這麼說，也跟著附和道：「可不能讓她太得意了，我來去挫挫她的銳氣。」說完便走向知世子。

「知世子小姐，妳可別想將安部佔為己有喔，妳現在可是男的怨恨女的嫉妒呢，可得收斂一點……」

「這我知道，我早就被罵到臭頭了。」話雖這麼說，知世子的臉上卻藏不住喜悅。

新人在門口迎賓到五點，期間不斷接受賓客的祝福，場面相當喜慶熱鬧。大廳的表演開始後，主要的賓客也差不多到齊了，新人便前往休息室。一群知世子學生時代的女同學早在那裡等著她，安部將知世子交給她們後，便沿著內廊走向大廳。內廊一邊是一大片玻璃門，門外是廣闊的草地；一邊是綿延不斷的大廳窗戶，裡面的水晶吊燈閃爍著耀眼光芒。太陽已然西沉，此時外頭薄暮冥冥，夜幕尚未落下，初冬的傍晚天空呈現清澄的水藍色，又帶著一抹淡淡的夕陽紅。庭院無樹，草地溶入了微光之中，天空與大地連成一線，有如雲迷霧鎖的古沼一般曠遠迷茫。這片虛幻而沉靜的美景相當令人動心，安部走在沒有人的走廊上，有如犯睏一般沉醉其中。就在這時，一個人突然擋在安部身前，嚇了他好一大跳，他往右，對方也往右，他往左，對方也往左，重複兩三次後，安部只好停在原地與他乾瞪眼。

一般遇到這種情形，都是道個歉、笑一笑就解決了。然而，對方看起來卻極其不悅，惡狠狠地瞪著安部。因兩人站在窗間的陰暗處，安部看不清楚那個人的臉，但感覺就是個不好惹的人物，他能感受到對方強烈而帶著挖苦的冷冽視線。安部的直覺告訴他，眼前這人就是石黑。

如果對方是石黑，那他的態度就說得通了。安部還是希望能在離開日本前跟石黑和解，若石黑主動和他說話，他願意向石黑道歉，偏偏石黑完全不見軟化的跡象，一副不肯放過他的模樣，安部只好主動問道：「不好意思，請問您是石黑先生嗎？」不巧對方也同時開口，安部讓他先說，他也跟著保持沉默，兩人就這樣一來一往，就像一場對不上臺詞的戲劇，尷尬地落了幕。

安部走進大廳，對剛才的事始終無法忘懷。這時表演正好換場，舞台上推出一個刻有十二門徒的艾拉爾豎琴，一個身穿粉色高領晚禮服的女孩上了台，她約莫二十五、六歲的年紀，看起來應該是歐洲人，舉止優雅地彈起了豎琴。安部看到正親町和松久坐在後方的椅子上，便走過去坐在他們之間，打算好好聆聽這首古雅的樂曲。剎那間，台上不知為何停下了演奏，整個會場鴉雀無聲，安部不禁呢喃道：「好冷清啊……」這時，他看見一個穿著武士禮服的福助[6]從舞台邊小跑步出場，跪坐著向大家撐地行禮。

「喔，福助出場了。」安部先是愣愣地看了一陣，後來才驚覺這種場合是不可能出現福助的，他今天一定是太累了，才會出現這種奇怪的幻覺。他趕緊吸一口氣，憋氣一陣子後，福助便消失了，剛才的冷清感也恢復了正常。

之後，幾個德高望重的老人家上台為新人致詞，場面相當熱鬧。大廳舞會於八點左右開始，午夜十二點多結束，新人一直送客到將近一點，才回到二樓的客廳。知世子毫無疲憊之色，將臉靠在安部的胸膛上，露出幸福無比的表情。之後她滿心雀躍地幫安部換衣服，沒想到在整理褲子口袋時竟找到一把手槍。知世子大驚失色，急忙轉頭看向安部想討個說法，安部本想解釋，但又不敢告訴她這把手槍是石黑送來的，這讓他有口難辯，畢竟哪有新郎會在婚禮之夜放一把槍在口袋裡呢？這實在太不尋常了。知世子是個通情達理之人，見安部臉色一沉，便很識相地沒有再追問下去。兩人大喜之日的重要時刻，也因為這件事留下了陰影。

安德蕾・蕗本號是一艘一萬六千頓的純白色豪華郵輪，因保羅・克洛岱爾（Paul Claudel）大使也搭這班郵輪回法國，出航時舉辦了盛大的典禮。傍晚鈴響後，安部與知世子到餐廳吃飯，頭等艙裡只有他們兩人是日本人。與他們同桌的還有另外兩人，一位是奧地利公使館的書記官丁澤爾，一位則是來自澳門名門望族的年輕葡萄牙人費南德斯。餐廳一般都是將夫妻單獨安排坐一桌，尤其是新婚

譯註6　日本一個穿著武士禮服的角色，大頭童顏為其特徵，代表了生意興隆、開運等吉祥之意。

夫婦，或許是因為船上的女性乘客較少，事務長認為像知世子這種年輕又美麗的夫人，若只讓安部一人獨佔太不公平，所以才做出這樣的安排吧。聽說丁澤爾出身於奧地利一個歷史悠久的貴族世家，他非常講究禮法，穿著一身正裝，開口閉口都是宗教論。費南德斯則穿著時髦的燕尾服，留著長鬢角，長得相當俊俏，再配上一雙深情款款的水潤眼眸，看上去活像個小白臉。他經常畢恭畢敬地親吻知世子的手，站著也親坐著也親，而且老是聊一些愚蠢又無聊的話題，像是他的曾祖父正是把澳門從支那手中奪走的阿法洛・費南德斯，現在澳門還立有他曾祖父的銅像……之類的，害得安部第一天就胃口盡失。

外國郵輪完全不允許乘客享受一個人的時光，每天都排了滿滿的行程，早上九點吃早餐，十一點喝牛肉湯，下午一點吃午餐，三點吃冰淇淋，五點喝茶，晚上七點喝餐前酒，八點上正餐，十點喝餐後酒……光是一天就有二十四個飲食品項。再加上酒會、打撲克牌、甲板高爾夫、雞尾酒派對、週日彌撒、抽獎活動、下午茶舞會、晚宴舞會、體育比賽……他們精心策劃各種活動，乘客若不出席，事務長就會打電話來催促參加。知世子為此忙得不可開交，郵輪駛離西貢那晚，她為了向船長表示敬意，特地穿上和服出席，因而博得了滿堂采，那次以後，出席各種舞會就成了她的義務，每天下午和晚上幾乎都在交誼廳和舞會廳度過，偶爾才會在餐廳見到安部。

郵輪駛離馬六甲海峽後，便進入較為不平穩的印度洋。安部因為不習慣暑熱，身體很不舒服，印度洋的波濤也令他心情鬱鬱寡歡，種種因素讓他再也受不了安德蕾·菈本號這個狹窄的社交圈。安部不想再過這種每天打理外表、顧全形象的生活，於是，他開始以暈船為藉口不到餐廳吃飯，每天把自己關在房間專心畫畫。

歐洲航線的外國郵輪上，基本上都有兩、三個自稱為女帽商、化妝品商的女人，專門和高級船員、乘客進行「那方面」的交易。慢慢的，船上的社交活動開始原形畢露，郵輪準備駛離可倫坡時，那幾個二等艙的女人竟公然混進舞會之中；幾個從西貢上船、看起來不太正派的法國人組成了狐群狗黨，一天到晚在甲板上喝苦艾酒喝到酩酊大醉，船上被搞得一片狼籍。

郵輪駛離可倫坡後的第三天，安部半夜突然醒了過來，發現知世子沒有睡在身邊，也不在隔壁的化妝室。他等了很久知世子都沒有回來，便喝了杯水又繼續睡。早上起床後，他問知世子昨天去了哪裡，卻被知世子笑著敷衍帶過。

「我沒有出去啊，你應該是做夢了吧。」

昨晚用的水杯就放在床頭的茶几上，他並非在做夢。雖然這只是件小事，安部沒有再多說什麼，但總覺得事有蹊蹺。

十二月二十四日，郵輪駛入吉布地港。吉布地只是一個又熱又簡陋的非洲港口，但乘客每天待在船上都悶壞了，所以傍晚靠港後，只有少數老人家留在船上，其他人都到陸地上的飯店找樂子去了。

知世子也和事務長一群人去了鎮上，直到隔天凌晨五點左右才被費南德斯抱回來。當時她已醉到不省人事，打著赤足，鞋子早已不知去向，晚宴服背後的釦子也鬆開了，露出白皙的香肩，而且頸部到胸部還有一大片奇怪的紅斑。安部接過知世子，很有風度地向費南德斯道謝，但他心裡很清楚，這片紅斑絕非蕁麻疹或跳蚤咬這麼單純。就算是跳蚤，也是一隻穿著燕尾服、衣領上別著一朵康乃馨的巨大跳蚤。安部雖然心裡生氣，但他深知西洋的好色之徒是多麼纏人，手段又是多麼高明，也很清楚日本女性在那些人面前是多麼脆弱。在這樣的酒池肉林中待上四十天後，即便是個性秉節持重之人也會亂了分寸。安部把這些事歸咎於自己運氣差，才會被迫在這種恬不知恥的環境中生活。

郵輪駛入地中海後，氣溫驟然下降，海相也變得截然不同。三角波在海面上打出白色的浪花，冷冽刺骨的密史脫拉風[7]將安部長途航行的倦怠一吹而散，這讓他突然有了胃口，因而久違地去了一趟餐廳。頭髮斑白、長相溫文儒雅的領班看到安部後，先對一位侍者耳語了一番，才來接待安部。

「您的座位馬上就好。」他有些慌張地說。

譯註7　一種乾冷的西北強風。

只見剛才那位侍者手忙腳亂地幫角落的小桌子鋪上桌巾、放餐具，幫安部準備座位。安部這才明白，餐廳的座位配置已跟從前不同，丁澤爾被移到大桌，知世子和費南德斯則坐在比較裡面的雙人座，兩人正面對面用餐。也就是說，這裡已經沒有安部的容身之處。

知世子和費南德斯沒有注意到安部來了，但餐廳裡的其他人全都停下手邊的動作，一邊互相使眼色，一邊憋笑看著呆站在門口的安部，感覺如果情況允許，他們隨時都會噗嗤地笑出聲來。這時知世子發現了安部，她急忙想要起身，卻被費南德斯拉住手腕，示意她沒必要過去。

安部當下憤而離場，回到房間後他仔細想了想，這陣子他每天都把自己關在房裡畫畫，知世子會跟別人混在一起也是無可厚非。他根本不想管費南德斯，只希望事情能夠圓滿解決，不要傷害到知世子。

稍晚，安部看準時間來到酒吧，一進門就看到知世子和費南德斯並肩坐在比較裡面的長椅上，知世子還將手放在費南德斯的肩上，不斷在他的耳畔私語，看起來在向他懇求著什麼。安部看著知世子消瘦的臉龐，不禁感到有些心疼，看來她過得比想像中的還悲慘。

知世子看到安部向自己走來，立刻垂下雙眼，有如放棄抵抗一般動也不動。費南德斯則起身向安部微笑行禮，問他身體好些了嗎，還說印度洋和紅海的天氣很容易讓人中暑。他不愧是標準的小白臉，不僅脣紅齒白，說話時含情脈脈，還不時摸著鬍子。

安部向他道謝：「還好有你的陪伴，我太太才不至於無聊度日，真的很謝謝你。」費南德斯回道：「我剛才才跟你太太提到，明天抵達拿玻里後，要帶她去吃世界知名的蛋堡（Castel dell'Ovo）魚料理，你要不要一起去？」

隔天下午兩點多，郵輪駛進拿玻里灣，左邊就是卡布里島。因船七點就要離港，安部三人用最快的速度下船，開車在熱氣沖天的坎帕尼亞平原上奔馳，到達維蘇威火山下後又折回拿玻里，經過好幾個陡坡小鎮，最後來到一個往海邊凸出的古城牆邊。坡道上有幾個散發出濃濃魚腥味的小攤子，他們一直往上走，來到了一家名為「泰瑞斯」的高級餐廳。三人走到餐廳露台，眺望被夕陽染紅的維蘇威火山，一邊喝著葡萄酒。這時，有兩個賣藝人走到他們身邊，一個拿著名為風弦琴的小型豎琴，一個拿著曼陀林，用動人的歌聲唱起了歌曲。

聽著聽著，安部突然覺得這一切竟是如此熟悉，無論是拿坡里灣的夕色、賣藝人演奏的音樂、一旁橄欖葉搖曳發出的聲音……都令他感到似曾相識。為什麼會有這種感覺呢？安部沉思了一陣，突然想起石黑的信，這才驚覺，這不就是石黑在信裡提及的景色嗎？記得那天他快讀完信時，知世子正好走進房裡，他只好若無其事地將信夾進桌上的素描本裡，而那本素描本現在就放在船上貨艙的大行李箱中。之後安部便心神不寧，無心欣賞眼前的美景，此時此刻的他只想趕快回到船上找出那封信，確認這一切的真偽。

回到船上後，知世子匆匆換衣服去了交誼廳。安部到貨艙打開行李箱，找到了那本素描本，那封信果真夾在裡面。那天安部讀信只覺得可笑，現在重讀只覺得可怕。石黑有如在寫日記一般，一一列出安部在船上發生的事，像是那天半夜知世子不知去向、知世子醉到不省人事被人送回船上、安部在餐廳淪為大家的笑柄、在拿坡里去一家名為「泰瑞斯」的餐廳吃魚料理、餐廳裡的情景與狀況……安部愈讀愈心寒。

石黑究竟用了什麼透視的法術，竟能看到這些鉅細彌遺的內容。他的預言全都成真了，這實在沒有道理，但事實擺在眼前，安部也不得不承認他真的有預言能力。印象中石黑最後好像有提到，安部將於十二月的某天槍殺知世子和某人然後舉槍自盡。從上船到今天，石黑說中了每一件事，想必之後事情也會照他說的發展。安部本想確認後面會發生什麼事，但不知道為什麼，從蛋堡回來之後的內容不見了。安部抖了抖素描本、趴在地上到處尋找，卻是遍尋不著。他這才想起來，那時候他好像把幾張信紙摺好了放在桌上，沒有收進素描本。

窗外的雲突然動得很快，看來郵輪要離開拿坡里灣了。安部看著那些不斷流動的雲，覺得自己已被逼到了絕境。

石黑的預言是十二月的某天，而今天已是十二月二十九日，十二月只剩下兩天又幾個小時。安部心想，就算知世子跟費南德斯在他面前做出不檢點的事，只要他控制住自己，憾事就不會發生。但他也是活生生的人，是人就有情緒，如果對方真的太過分，他還是可能會一時失控而做出傻事。安部滿身大汗，愁眉不展，就連菸的味道都抽不出來了。這時他突然靈光一閃，既然無法控制情緒，那就想辦法讓自己這兩天不看不聽、不要產生任何感覺不就得了？這令安部喜出望外，畢竟對此時此刻的他而言，這個微不足道的想法，就是一道足以解憂的妙計良策。他先隨便喝了些水果酒，又叫侍者送來苦艾酒，忍受著薰人的茴香與番紅花香，不斷灌酒下肚，果真沒多久就昏睡過去。之後他每次醒來，都會再喝些苦艾酒和水果酒，幾次下來便醉得不省人事了。

不知是第幾次醒來，安部睜開眼睛，意識朦朧地環視周邊，發現傢俱的位置變了，這裡並非他的房間。正當他滿心疑惑地站起身時，一個東西從他的大腿上掉落地板，發出一聲悶響。定睛一看，竟是石黑在婚禮那天送來的科特二十二號手槍。安部急忙將手槍收進褲子的後方口袋，昏沉沉地才要回想這東西怎麼在這裡，腦中卻莫名其妙出現一段模糊的記憶——只見知世子瞪大眼睛對安部說：「你早就想取我性命了對吧？為什麼不在婚宴那晚就殺了我？何必等到今天？」

這究竟是怎麼回事？

前方的臥室門沒有關好，每當船搖晃時，門也跟著開開關關，惹得安部心煩意亂。他往房內探頭，發現費南德斯趴臥在床，知世子則用非常不協調的姿勢躺在地上，一看就知道兩人已魂歸西天。

安部急忙離開命案現場，他鎖上房門，走到冷風颼颼的甲板上。舞會廳的方向傳來歡樂的爵士樂，看來今晚船上又有活動了。

安部靠在舷牆上，望著撒著點點星光的昏黑大海。他心想，如果左右都要自殺，他絕對不要讓石黑稱心如意，至少要在最後一刻破壞石黑的預言，不照他說的舉槍自盡，而是跳海自殺。他用力將科特手槍丟進海裡，那一刻他感到心裡非常輕鬆，彷彿將這二十年來的憤怒也一同丟進了海裡似的。先撇開自殺不談，這種感覺實在太有趣了。「哼，等著瞧。」安部邊說邊脫下鞋子，跨坐在舷牆上。

他在心中暗自得意，當初準備跳馬六甲海峽的S應該也是這種感覺吧。就在這時，三個頭戴圓錐紙帽的乘客從對面的通風筒後冒出來，他們搖搖晃晃地走向安部，嚷嚷著說：「呦！戴綠帽先生，你怎麼一個人在這邊玩啊？」然後硬把安部從舷牆上抓下來，抬進舞會廳。

進到廳裡後，安部幾乎要懷疑自己的眼睛，今天開的是什麼派對啊？到處都是五顏六色的紙屑，像積雪一樣灑在餐桌和地板上，天花板上吊滿了有如蜘蛛網的彩帶，乘客都戴著圓錐紙帽和紙皇冠在狂歡跳舞。

安部抓住身邊一個快要醉倒的法國人問道：「這是在慶祝什麼啊？」對方告訴他，今天是聖西爾維斯特日，也就是十二月三十一日跨年夜，再過十分鐘他們就要長一歲了，還說：「這一年來辛苦了。」

安部很認命地被帶到桌邊，大口喝著不知道誰幫他倒的香檳。這時，事務長笑咪咪地向他走來，請他幫忙一起倒數新年。安部問：「要怎麼幫呢？」事務長說：「請您於午夜十二點鳴槍，您一鳴槍我們就會向賓客噴香檳，跟大家說新年快樂。我在這邊看著秒針倒數，您聽到我說『好』時就扣下板機。這把槍只裝了火藥，沒有子彈，還請您放心。」說完，他便塞了一把手槍安部。

到了十二點五十九分，船長高高舉起已鬆開軟木塞的香檳瓶，事務長則看著秒針倒數，三十……二十……。安部想要諷刺一下石黑，將槍口轉向自己的胸口，在事務長的示意下笑著扣下板機。沒想到一扣下板機，安部的左鎖骨下方便受到巨大的衝擊，眼前有如戲劇換場一般，回到他離開日本前一晚在婚宴大廳看到的情景，所有人都坐在椅子上，舞台上的歐洲女孩則優雅地彈著豎琴。失去意識前，安部眼前閃過了自己的一生，「我果然還是逃不過一死。」朦朧之間，眼前的景象一下子顛倒了過來。

豎琴表演正要開始時，安部搖搖晃晃地走進大廳，坐到正親町與松久之間。半晌，他從口袋拿出手帕不斷擦汗，會場雖開著暖氣，但並沒有熱到這種程度。

松久低聲問他：「你沒事吧？」但安部沒有回答，只是專心聽著豎琴悠揚的樂聲，一副沉醉其中的模樣。表演快結束時，安部從褲子後方口袋拿出一把手槍，目不轉睛地盯著瞧。正親町和松久見狀互看了一眼，下一瞬間，安部就將槍口對準自己的胸口，冷不防地扣下板機。

「你搞什麼！」松久大喊一聲，才伸手想要扶住安部，安部就連著椅子翻倒在地，胸口淌出大量鮮血。這時所有人都站起身來，知世子連忙跑到安部身邊，將他抱進懷裡說：「我不要你死……」安部先是靜靜看著她的臉，隨後露出一個苦笑說：「我中了石黑的計，我還不想死，救救我……」

眾人馬上叫救護車將安部送到大學醫院，他的傷勢很嚴重，傷口從鎖骨下方一路綿延到肩膀，在場的人為了救他全都捐了血。安部回到病房後恢復了元氣，還跟酒田閒聊了起來：「我把事情搞砸了。我要改從西伯利亞走陸路去歐洲，不坐船了，拜託你盡快幫我申請簽證，我想要快點見到莫內。」

「好，交給我來辦。只是你為什麼會做這種傻事？大家都嚇死了。」酒田說。

安部睜著清澈美麗的眼眸說：「我中了石黑的催眠術。進到大廳前，我在走廊遇到石黑，當時他一直狠狠瞪著我，應該就是那時候被他催眠的……但整個過程挺有趣的，我只花了一首豎琴曲的時間，就搭船去到了拿坡里呢。」

安部鉅細彌遺地向我們描述旅程中發生的事。他以為自己已經死裡逃生，所以情緒非常高漲，但我們很清楚他命不久矣，只能在一旁不勝唏噓。

母子的模樣

太郎坐在又暗又小的保護室裡，牆上有個有如鳥巢般窄小的窗戶。他茫茫然地望著窗外的天空，腦海中不斷浮現塞班島最後那段日子的情景。

美軍厚木基地附近有一間名叫聖喬瑟夫學院的學校，轄區警局叫來該校中學部一年級的一名級任導師，詢問他們班上學生的事。

一位上了年紀的司法主任走進審訊室，身邊還跟了一位帶有知性美的女警。

「不好意思，讓您特地跑這一趟。」司法主任簡單打完招呼後，和老師隔著辦公桌相對而坐。一旁窗外的芒草花穗正隨風搖曳。

「這位是少年諮詢所的輔導員……因這間警局才剛設立不久，還沒有成立少年科，所以才臨時請她來支援，並不是要把事情鬧大，還請您放心。」

「是的，正如司法主任所說，我們並不覺得這件事有多嚴重。只是那座廢棄地堡中剛好放了美軍的器材，所以才需要走這趟程序。說是器材，也不過是舊海軍兵營的廢棄木材。孩子只是在那邊玩火，不小心燒到木材，實在沒有必要小題大作說成是縱火……其實我們只是要一個說法，一個可以寫在報告上交差了事的說法，比方說，他只是在學幫派分子，又或是打算生營火……之類的，可是他像塊木頭似的，怎麼問都不肯回答，搞得我們不知如何是好，真的很傷腦筋。」

「我也不想一直把他留在這裡，但報告沒寫出來，實在不能放他走……您是他的級任導師，聽說還知道他小時候的情形，所以我們才特別請您過來，向您請教他的家庭狀況跟人品，讓我們編個適當的理由交差……」

「不好意思，讓你們費心了。」老師向兩人低頭行禮。

「那我們就開始吧。」女警將桌上的資料拉向自己。

「和泉太郎，十六歲又兩個月大，塞班島出生……聖喬瑟夫學院中學部一年B班，亞當斯育英資金的受助人……父親是塞班地方廳的氣象技師，於昭和十五年（一九四〇年）死亡。母親是南洋興發公司的內勤人員，被認定已在戰爭中死亡……他目前已經十六歲又兩個月大，怎麼會比別人晚讀那麼多，還在讀中學一年級呢？」

「那孩子在戰爭結束那年的十月，和其他戰爭遺孤一起被送到夏威夷，之後在檀香山好心人的資助下，進入八年制的學級學校就讀……相當於日本的小學。讀了六年後，於今年昭和二十七年（一九五二年）春天才轉入我們學院的中學部。照理來說，他應該要讀中學三年級的，但因為日文程度不夠，所以才從一年級讀起。」

「那亞當斯育英資金呢？」

「那其實算不上資金，是為了方便作業才以資金為名。亞當斯是夏威夷出生的日本人子弟，是一名情報軍官，很照顧塞班島的戰爭遺孤。他以將來必須進入神學院就讀為條件，資助了五名孤兒上學的學費，其中有三個人在我們學院讀書。」

「父親在他四歲時就去世了，他應該對父親沒什麼印象吧？他的母親是什麼樣的人呢？」

「他母親是東京女子大學畢業的才女，本來是一名管理人員，幫公司監督旗下百貨公司或俱樂部裡的女員工。之後接受軍方委託，獨力開了一間名為『水月』的軍官慰安所。她是個美豔絕倫的大美女……因為實在長得太漂亮了，所以在女性之間評價不太好，但這並不影響她在島上有如女王般的地位。」

「像慰安所這種下流地方，生活水準應該很低吧？他就是在這種環境下長大的吧？」

「不是的。如同我剛才所說的，他母親實在長得太漂亮了，經常有別的事情讓她分心，根本沒時間照顧小孩，所以把他交給一個加拿大籍的傳教士照顧，那名傳教士從德國佔領時代就來到塞班島了。」

「您的意思是，他並沒有受到不好的環境影響。」

「是的，他對那方面一無所知。其他同齡孩子都知道的事情，他幾乎都不知道。舉例來說，他從來沒有看過電影，只知道電影是會動的幻燈片。他是查經班的優等生，但他的日常生活真的無聊到不像一個孩子，所以特別讓人放不下心。」

「他評量表上的操行成績是『一百分』，可是就我們的了解，他的表現跟這個成績完全相反。在這件事之前，他已經闖禍好多次了……五月三日晚上，他穿著女裝……身穿水手服、綁著紅色領巾在銀座賣花，被我們同事逮到並予以警告……此外，他還坐計程車在我們管區基地的帳篷城入口待命，載那些從朝鮮回來的人去東京尋歡，行為簡直和皮條客沒兩樣。最近一次則是喝得爛醉在外面亂晃，十月八日早上六點左右，他搖搖晃晃地走在相模線入谷車站附近的鐵軌上，差點被第一班電車輾死。」

聽到這裡，在座三人一片沉默，安靜到只聽得到荒野上的風聲。

「他應該是老師口中的那種乖孩子吧，畢竟老師照顧他那麼久了，應該很了解他的狀況。」女警語帶安慰，「由此可見，他應該是最近才突然性情大變……實在很難想像一個人為什麼會出現這麼大的轉變。不過，他做的事倒是有共通之處，穿女裝、喝得爛醉、拉皮條、在嚴禁煙火的地方玩火……這些都是違抗禁令的行為。他是不是有什麼心病呢？比方說，對過去某些事耿耿於懷，所以才下意識地搞破壞……就您所知，他是否有這樣的問題呢？」

老師點點頭，「我不確定這是否相關……但他曾經差點死在自己母親的手上。當時他被母親用麻繩套住脖子，丟在塞班島北部台地的一棵麵包樹下，我跟亞當斯發現他時，他已經臉色發青斷了氣……更過分的是，麻繩整整綁了三圈，把他的脖子勒得跟葫蘆一樣，還打了個緊緊的死結，光靠一般人的力氣根本解不開。而且，他母親為了讓麻繩更滑手、更不易解開，還在繩子上塗了一層厚厚的肥皂……這樣的行為完全激怒了我與亞當斯，我們發誓無論如何都要救回這孩子的命，對他做了將近兩個小時的人工呼吸，等他恢復微弱的呼吸後，立刻開吉普車載他到野戰醫院急救……塞班島在戰爭末期，有將近三萬名百姓因為擔心被美國人生擒會遭到殺害，所以選擇事先了結性命。很多父母帶著孩子用各式各樣的方式自殺，像是互相丟擲手榴彈，又或是手牽手跳崖。親子一起死的屍體倒是常見，就是沒看過這種單獨被丟在草叢裡的小孩屍體。」

「這孩子的遭遇真是可憐。」司法主任微微哽咽。

「差點被親生母親勒死，再加上戰爭……這對一個孩子而言肯定是難以承受之重，想必他至今仍忘不了當時的驚嚇與打擊吧。」老師作勢要起身，「請問他現在人在哪？我大概知道是怎麼回事了……可以讓我來問他這次到底為什麼要這麼做嗎？」

「好的……請跟我來，」女警指向左手邊的門，「這邊請。」

太郎坐在又暗又小的保護室裡，牆上有個有如鳥巢般窄小的窗戶。他茫茫然地望著窗外的天空，腦海中不斷浮現塞班島最後那段日子的情景。

昏暗的小房間、沉重的濕氣、那片小天空的顏色、備感壓抑的寂靜、疲倦到快要發燒的感覺……這一切的一切，都和那時在洞窟裡的感受如此類似。還記得那座洞窟的洞頂長著苔花，岩石表面滿是鳥糞的白點。因為洞口朝西，洞裡在中午前都是一片昏暗，每到下午陽光就會直直射入，將躲在裡面的男女照得無所遁形。

一個年約十四、五歲，已瘦成皮包骨的女孩，正將掉在岩地凹處的飯粒一一撿起，吹一吹後吃下肚。對面裸著身子的士兵眼神近乎瘋狂，正大口吃著長瓣繁縷[1]，綠汁不斷從他嘴巴流瀉而出……太陽就要下山了，再過不久，這些人的身影就要沉沒於黑暗之中。

「差不多該去裝水了。」

一想到這裡，太郎整個精神都來了。自從住進洞窟後，他每天都過得非常快樂，因為他終於可以待在母親身邊孝敬她。太郎遠遠望向母親美麗的側臉，滿心期待地等著母親發號施令。

「太郎，去幫我裝水。」

聽到母親的聲音，太郎不禁感激得渾身發抖，他願意為母親做任何事。要到達岸邊的湧泉，必須走下陡峭艱險的百尺懸崖，一路磕磕絆絆，就算是只拿著空水壺，也很容易走得頭暈目眩。若在崖上遇到敵軍，基本上是必死無疑。即便如此，太郎也從不退縮畏懼，為了母親，他上刀山下油鍋都在所不惜，只要能將裝滿水的水壺送到母親面前，就是他最大的回報，為此他別無所求。

「那是幾歲的事啊……」

某天早上，太郎端詳著母親的臉龐，心想這世上怎麼會有如此美麗的人。他好想得到這個人的愛，希望她能喜歡自己，永遠不要討厭自己。從那一瞬間起，他無時無刻都感到無所適從，每天都戰戰兢兢地看母親的臉色做事。

太郎用後腦勺蹭了蹭保護室的牆壁，喃喃低語道：「旅人啊……去吧，去告

譯註1　一種石竹科繁縷屬的植物名稱。

訴拉刻代蒙的人們……吾等將謹遵王令……於此永眠。」

最後那天，母親一句一句教給太郎這段台詞，並不斷唸給他聽。

「拉刻代蒙指的是斯巴達人……兩千年前，斯巴達的士兵在一個叫做溫泉關的地方和波斯打仗，波斯軍的人數是他們的好幾百倍，最後這些斯巴達士兵全數英勇犧牲，無一生還。後人將這個故事刻成石碑，立於當時的戰場上……斯巴達人好勇敢對吧？你可別輸給他們喔。」

母親將他們兩人的最後一刻調包成歷史故事，把死亡描述得有如夢境一般美麗。

「是時候赴死了……」他漠然想像自己死去的模樣。這段日子，每天都有無數的父母帶著孩子一同走上絕路，他們不是抱著彼此，就是用繩子將身體綁在一起，從海岸或斷崖一躍而下，悄然消失在茫茫大海之中。如果能跟母親手牽著手共赴黃泉，又有什麼好悲傷的呢？

那是個夕陽美到不可思議的傍晚，母親拿來一條六尺長的麻繩，將太郎叫到洞窟外。

「我們就在外面辦吧，你應該不想在眾目睽睽之下死去吧？」

太郎沒料到母親竟打算勒死他、讓他一個人孤單死去，但他沒有抵抗，而是順著母親的意，滿心歡喜地爬上崖壁……。

女警來到保護室，照例將太郎帶到刑警辦公室。老師坐在比木地板高出一段的榻榻米上，他是沖繩人，綽號叫約翰[2]，在塞班島是擔任甘蔗田的管理人員。太郎跪坐下來後，約翰便像平常一樣對他苦口婆心地叨唸。木地板上有一位警員坐在桌前寫資料，太郎心不在焉地低著頭，斜眼盯著那位警員腰間的手槍。

「跟那把是一樣的手槍。」

待在洞窟時，一名年輕的海軍少尉曾借過他一把沉甸甸的左輪手槍。

「聽說你穿女生的水手服在銀座賣花是嗎？」約翰問。

譯註2　耶穌的十二門徒之一。

「恭喜你答對了。」太郎在心中回答道，「沒想到約翰還挺敢問的嘛，我只扮過那麼一次女生，是誰告訴他的啊？是那個女警嗎？還是二年A班借我水手服的世奈子？」

「老師知道你是不想花別人的錢讀書，才用這種方式賺學費。你有自食其力的心老師很高興，但我不贊成你去賣花。」

「答錯了！」太郎再次在心中回答，「我只是扮成賣花的人，可不是真的去賣花的。」見約翰根本搞不清楚狀況，太郎不禁欣然一笑。

太郎在檀香山聽說母親在銀座開了一間酒吧，因此在抵達東京當晚就立刻前往銀座確認消息真偽，但因為小孩子不能公然進入酒吧，所以他只能扮成賣花的人，不然就是拉手風琴的賣藝人，這種方法任誰都想得到。為了見到母親，太郎每週日晚上都會到母親的酒吧裡賣花，有一次還在八點到十點之間就進去了五次，當時店裡生意不好，他還被心煩氣躁的母親罵了一頓。

「妳煩不煩啊？到底要來幾次？我們店裡沒人要買花！」

太郎對母親尖聲怒罵的聲音情有獨鍾，為了那美妙的聲音，即便被女服務生揪著領子趕出店外，他還是一而再再而三地打開店門。

「你每週六下午都會招計程車，帶那些從朝鮮坐運輸機回來的人到東京尋歡。我知道你是在打工賺錢，但老師實在無法接受你濫用自己的英文能力去做這種下流的工作。」

「你誤會了……我不是在打工。」太郎心想。他是因為母親的酒吧生意實在太慘淡了，想幫母親拉客才這麼做的。能在暗中幫助母親太郎很高興，但這件事根本就是徹頭徹尾的錯誤。

極東航空資材司令部附近有一家酒館，常有計程車司機聚在那兒喝酒。十月第一個週末夜，太郎前往那家酒館跟司機叫車，一位與他很熟的司機對他說：「那家酒吧的老闆娘是你媽媽對吧？你真是孝順。可是啊，孩子，你知道你送去的那些男人都跟你媽做了些什麼嗎？」

見太郎沒說話，司機接著說：「既然你不知道，我就告訴你吧。他們都在幹這種事呢！」

說完，他抱住另外一個司機，將腳纏在對方的腳上，做出齷齪的動作。

那晚，太郎潛入母親的房間，躲進了床底下。夜深後，他形容枯槁地回到宿舍，在床鋪上痛苦地扭動身體。

「骯髒！齷齪！噁心死了！人類在做那種事時都會發出那種叫聲嗎？以前在塞班島時，有次加拿大人家的豬圈著火，就連豬被燒死時都沒有叫成那樣。那才不是我的母親，那只是個女人，而且還是發出豬叫聲的女人。討厭，討厭死了！我才不要活在這麼骯髒的世界，乾脆今晚就去死算了，只有一死，才能將那種污穢的東西趕出我的身體。」

太郎從櫃子裡拿出母親的照片和舊信，仔細撕了個粉碎後，全丟進了炊事場的污水池。他掃視房間一圈，確認有沒有什麼未完成之事，卻是一無所獲。

「我當然沒有要做的事，因為我已經沒有明天了。」

他唯一剩下要做的事，就是在第一班電車經過之前「小睡一下」——一想到這裡，太郎不禁害怕了起來，將臉埋在枕頭裡嚎啕大哭。

「聽說你還喝醉走在相模線的鐵軌上，差點被電車輾過。你怎麼那麼不自愛呢？老師真沒想到你竟然會喝酒！」

「你答對了一半。」——太郎沒有喝酒，但或許真的是醉了。那時天剛泛白，月台和剪票口的電燈驟然亮起，代表第一班車即將進站。太郎脫掉短外套丟進草堆，靜靜地趴在鐵軌之間，等待電車輾過他的身體。沒想到，電車開過時竟連他的背都沒碰到。太郎被一名鐵路工人抱上月台後，站務人員告訴他：「如果你當時穿著外套，可能就被捲進電車的排障器裡了，還好你只穿了圓領上衣和褲子，否則早就沒命了。」

不肯死心的太郎，在一個刮著強風的秋夜，偷了宿舍廚房用的煤油，一個人來到位於宿舍後方的野地。他走進一座快要垮掉的水泥地堡，將大量的煤油倒在自己的肩膀和胸口上，本想點火柴自焚，但一連點了好幾根都點不著。好不容易將袖口點燃，微弱的火勢卻一下就被風吹滅了。他反覆試了幾次，卻因為吸入太多煤油揮發的氣體而昏倒在地。太郎不知道的是，廚房火爐使用的是緩慢燃燒的新型煤油，點火的速度慢到令人心煩，不像傳統煤油那麼容易引火。

「你老實告訴我，你到底為什麼要燒毀美軍的器材？警察都跟我說了，如果你說實話他們就不予追究，否則就將你起訴。」

太郎心想：「我根本就不知道那裡有器材，我連自己的身體都點燃不了，是要怎麼點燃器材？」

「那就判我死刑啊！」

太郎突然大吼出聲。

「判我死刑！叫他們判我死刑！」

約翰見狀急忙安撫他說：「你冷靜一點！」然後一個箭步衝出偵訊室，他八成是覺得太郎瘋了吧。

「死刑——我怎麼現在才想到這個好方法呢？只要做出十惡不赦的壞事，政府就會自動把我解決掉……」

這時一名年輕警員走了進來，他解下腰間的皮帶和手槍袋，一個順手丟到桌上，「真是累死我了。」說完便蹦的一聲躺在邊緣的榻榻米上。

太郎抱著膝蓋抖腳，直直盯著眼前的手槍。

辦公桌的警員正背對著他專心寫資料……年輕警員則閉著眼睛躺在一旁……

「此時不做更待何時？」

太郎抓住皮帶的其中一端，慢慢將槍袋拉向自己。他打開槍袋的釦子，拿出手槍，輕手輕腳地拉開保險栓後起身，冷不防地扣下板機。前方牆上的灰泥被他打成一片白色粉末，年輕警官嚇得從榻榻米上滾下木地板，桌前的警官則連同椅子翻倒在地。太郎趁勢追擊，又扣了幾下板機。

「混帳！你在做什麼！」

警察從地上爬起來，向太郎開槍。太郎的胸口傳來有如被鐵棒刺穿一般的痛楚，他靠在牆上嘆了一口長氣，淚水驟然奪眶而出，就這麼往前倒了下去。

湖畔

事發突然，雖然還沒搞清楚前因後果，但我很清楚這個醜聞將不僅僅是一場災難。因爲在世人眼中，我是個堅守原則、不受任何事物拘束、剛正不阿的人，這件事將重創我的形象。

今年夏天，我因為某個無可奈何的緣由，在箱根蘆之湖湖畔三石的別墅中對你母親下了手，並於當天前往東京檢事局[1]自首。

法院判定我有精神耗弱的問題，因而做出不起訴處分。不料判決下來才不滿一個月，我又因為某個原因必須入獄服刑。這次我犯的只是妨礙秩序罪，最重只需入獄兩年，照理來說，我該像上次一樣於第一時間主動投案，設法爭取減刑。無奈的是，如今我對自由已是趨之若鶩，無法在牢裡多待一天，所以只能選擇遠走天涯、銷聲匿跡。

我想你總有一天會明白的，我這四十年的人生就有如伊倫秀手錶上的指針一般，不斷在傳統道德與封建思想的框限內遊蕩徘徊。我孑然一身，無愛於人，不思於事，每天只顧著做表面工夫，過著輕薄而膚淺的生活。

直到最近，我在毫無預警的情況下遇見了一個女人的真心，那讓我看清自己滿是虛偽的過去，因而決定煥然重生。像我這種意志薄弱之徒，待在社會上肯定會受限於各種世俗舊習，無法忠於自我，所以我決定拋棄一切，成為失蹤人口，四處乞食遊蕩，隨心所欲地過完這純粹的餘生。

然而，像我這種身分的人光是失蹤還不夠，為避免出什麼岔子連累到你，我決定找個適當的時機，讓他們認定我已經死亡。

我想，要諷刺我這有如傀儡般的上半生，還有報復那令我沉浸在悲慘命運中的卑微天性，這是再好不過的方法了。而且，這麼做不用等我失蹤滿七年，你就能直接繼承戶主之位，也能讓社會盡快遺忘我這個人。

我已親筆寫好證明，指定松尾治通作為你的監護人、堂兄振次郎為保佐人[2]。他們倆都是清廉正直之輩，在他們的庇護下，相信你一定能夠安然無恙地長大成人。你還未滿兩歲，我拋下你雖是情何以堪，卻也是無可奈何。我與情人的新生活不容許任何人的介入，但你要知道，我生下你並不是為了拋棄你，你是

譯註1 東京地檢署的前身。
譯註2 輔佐缺乏行為能力者的人。

在母親的愛與希望之中降生於世，是因為之後發生種種變故，事情才演變至此。基於父親對孩子的禮貌與尊重，接下來，我打算寫出整件事情的來龍去脈。

我是奧平正高之子，於慶應二年（一八六六年）一月出生於長坂松山城內。政府廢除舊藩、設立新縣後，我們舉家搬到位於東京市谷的豪宅，之後我便在嚴格的封建教育之下長大。

你的祖父於文久元年（一八六一年）隨著遣歐使節團遠赴歐洲。他在英國與高等貴族交際來往，並深深愛上了他們的文化。我七歲那年的春天，父親安排我向丹尼森學習英語與西洋禮儀，打算將我培養成高傲自負的英倫貴族。父親每天親自監督我讀書，要求我每天在書桌前苦讀到十二點，只要我稍有懈怠之色，他就會拿刀槍恫嚇我。可想而知，我的童年過得生不如死。我生來就不是勤勞刻苦的個性，對我而言，每天坐在書桌前用功是全世界最痛苦的事情，但為了怕父親生氣，我還是假裝自己勤奮好學，也成功讓父親以為我是個手不釋卷的孩子。我那只講求表面工夫、粉飾太平的虛偽個性，大概就是這段時期養成的。

父親是個走火入魔的貴族主義者，他的個性傲慢自大，開口閉口就是在辱罵新政府和新貴族，人家譃稱他為「舊諸侯強人」，他還為此沾沾自喜。明治十八年（一八八五年）春天，他因為發給舊諸侯名為「賤民政府」的小本子，被政府以誹謗罪押入鍛冶橋監獄。父親在服刑期間痛風發作，出獄後也深受痛風所苦，生病讓他變得近乎可用野蠻來形容，任何勸諫忠告都被他針鋒相對，最後甚至把自己關起來，不願與任何人見面。

那年秋天的某一天，父親突然把我叫到臥房，快快不悅地對我說：「你去英國吧！要學什麼隨便你，但不准學以致用！」

然後又說：「你要一輩子待在那邊也可以，不用特地回來幫我送終，反正我也不會因為擔心你而死不瞑目。」說完便轉過身去。

父親一直渴望日本能夠回歸貴族政治，想要將我培養成政界圭臬。他大概是發現這一切都是癡人說夢，所以才自暴自棄地做出這個決定。我並不愛父親，能逃離他的魔掌對我而言是天大的喜訊。我立刻著手準備出國事宜，在該年十二月搭上英船梅莉號從橫濱出發，匆匆離開了日本。

我於隔年一月抵達英國，先進入西敏寺的文法學校，之後再轉到倫敦大學學院就讀。我進這些學校只是為了正大光明地玩樂，可見我對讀書有多沒心思。那段期間沒有父親在身旁囉嗦，當地也沒有任何親戚，我終於可以脫下認真的假面具放飛自我。於是，我開始與貴族的紈絝子弟來往，過起荒淫無度的生活。

我想你總有一天會看到照片，我跟父親長得很像，都是一臉的自命清高。我們都有一對濃眉，一雙疑神疑鬼的陰沉眼眸，呈現出傲慢弧度的鷹鉤鼻，以及緊閉的無情薄唇。我從小就明白，這張猙獰的面貌與陰沉的態度很容易惹人嫌。事實上也是如此，父親、母親、祖母對我總是冷言冷語、尖酸刻薄，從不掩飾他們的厭惡。自我有記憶以來，他們就從未給過我好臉色看，這讓我一度感到心灰意冷，覺得自己這輩子注定沒人愛，因而變得非常消沉。你一定不知道我是多麼渴望被愛，那時我才十二、三歲，就經常在心中暗暗發誓，如果真有人願意愛我，要我為他獻出生命也在所不惜。

後來我是愛過幾個人，但內心早已因為失去信心而萎靡不振，在要求對方證明對我的愛之前，總是先想到事與願違的痛楚，於是我乾脆假裝滿不在乎，主動從關係中退出。人到國外後，我變得更加消沉多疑，放任自己做出各種暴行。有很多人怕我、恨我，卻沒有人愛我；有無數為了得到好處而接近我的酒肉之徒，卻沒有一個對我推心置腹的真心摯友。那陣子我有如一攤死灰，抱著用之不竭的錢財與高貴顯要的身分，過著索然無味的孤獨生活。

我的放縱源於內心的膽怯，為避免自己在追求真愛的過程中受到傷害，乾脆一不做二不休，讓妓女之流來服侍我。買春令我感到安心，因為沒有期待就沒有傷害，被欺騙也不會生氣。但其實，我所做的一切不過是在敷衍心中的缺憾，我有多麼渴望被愛，行為就有多麼放縱，生活淫亂到自己都不忍直視的地步。嘴裡說著不抱期待，卻沒日沒夜地瘋狂奔馳，在妓女的心中尋求所謂的真實。

就這樣，我一無所成地過了十四年的歲月。幾年前因為父親去世，再加上生活愈過愈沒勁，我從英國搬到了法國巴黎的帕西，才初來乍到就為了一個女人跟一名法國陸軍軍官決鬥。如果當下只有我一個人，我一定會跟那名軍官道歉賠罪，請他大人不計小人過。但好死不死，公使館的書記人員鈴木當時就坐在對面的位子上，我為了撐住面子，明明心裡怕得要命，還是故作鎮定地答應了這場決鬥。

決鬥於隔天在隆香舉行，由對方先攻。我在懦弱和恐懼的驅使下，下意識地將頭右縮，迎面而來的子彈打中我的右太陽穴和耳殼，最後射進我的肩頸處。如果我當下沒有縮頭，子彈應該只會劃過鬢角。說穿了，這一切都是我的懦弱造成的。我馬上被送到了醫院，多虧了有立刻止血又及時送醫，我最終撿回了一命。但這也讓我破了相，一道光禿禿的黑色凸疤一路從右眼尾延伸到太陽穴附近，上面還長了七八根雜毛；右眼因為縫合的緣故，吊高到令人害怕的程度；沒了耳殼的右耳看上去活像顆干貝。我本就是個極度講求偽裝的人，從小為了掩飾這張不幸的面孔，每天都極其用心地整理儀容。也因為這個原因，臉上的傷疤讓我痛苦不堪，半年內不知道摔碎了幾面鏡子。

果不其然，人們對我醜惡的面孔非常感冒。來自四面八方的嘲笑，壓碎了我那用來支撐悲愁情緒、慰藉寂寥的自尊心。我每天足不出戶，不願以此面目示人，也不再期待他人的和善與眷顧，更甭提發展新戀情了。之後我開始出現幻覺，就連白天都飽受幻象的折磨，每天都過得惴惴不安，逼不得已只能回去日本休養。我於十二月底從法國馬爾賽上船踏上歸途，航程中病情雖一度有所好轉，卻在印度洋因為中暑而陷入譫妄狀態。船駛入橫濱港後，他們綁住我的手腳，像對待瘋子一般將我送進了精神病院。因當初法國醫院沒有將我的傷口處理好，住院沒多久，日方立刻將我轉到大學附屬醫院，重新開刀治療。

當時社會整體思想偏向自由主義，為了對抗這波來勢洶洶的自由狂潮，讓他們瞧瞧什麼叫做貴族的權威，我在住院期間寫了一篇名為〈貴族衛國論草案〉的文章，懷著報復之意寄給了《時事新報》。沒想到該文章刊出後大受好評，世人誇大了我的決鬥事蹟，將我的槍傷視作為日本而戰的勳章。但他們不知道的是，我是因為覬覦別人的女人才被迫上場決鬥，臉上的瘡痍不過是我搞砸一切的紀念品，那篇氣勢滂礴的文章也是將索爾斯伯利侯爵的文章加以改寫而成。嚐到甜頭後，我開始竄改英國人寫的文章，當作自己的作品投稿給報社，果不其然每一篇都引發了廣大迴響。就這樣，沒有膽子又沒有見識的我，被大眾捧成了一個不願與世人同流合污的貴族評論家，聲勢逐日高升。

經過上次的手術後，我的偏頭痛獲得了很大的改善，但每逢春末夏初之際還是會復發。聽人說泡溫泉有改善精神病之效，我於明治三十五年（一九〇二年）初夏前往箱根的底倉接受溫泉療法。

記得那是六月下旬時節，我靠在窗戶上眺望風景，深谷中鬱鬱蔥蔥的樹木逐漸覆上新綠色彩，幾條小瀑布從前方的峭壁中傾瀉而出，下方的流水淙淙作響。這幅畫面令我心曠神怡，百看不膩。就在這時，我看見一名女孩走上架於山崖窄處的木橋。

女孩身穿黃色的厚和服，身上披了件小外套，頭上別著大大的薔薇花簪。這樣的裝扮在溫泉勝地未免有些太過正式高貴，卻也吸引了我的注意力。突然間女孩抬了起頭，大概是和我對上了眼，她紅著臉行了個禮後，便匆匆走進旅館中庭。

女孩看上去約十八、九歲的年紀，白皙的臉龐帶著桃花般的粉色，眉毛有些濃密，狹窄的眉間盡是聰慧之氣。她有著緊閉的雙唇，高挺的鼻子，以及一雙濃睫大眼，黑色的眸子彷彿隨時都要滿溢出來似的。她不是為永春水[3]筆下的那種懵然無知的美女，其高雅帶著一種難以言喻的莊重，就算跟歐洲的文雅淑女相比也絲毫不遜色。

這世上真有一見鍾情這回事，莎士比亞的戲劇《羅密歐與茱麗葉》就是最好的證明，而我看到那女孩的一眼瞬間就是這種感覺。「鍾情」並不足以形容我的感受，說老實話，自看到她的第一眼起，我就有如著了魔一般，被她的絕世美貌深深吸引。更令我難以忘懷的，是她看到我時臉上毫無嫌棄畏懼之色，甚至還向我打招呼的親切態度。那為我枯涸無光的內心注入了一絲希望，令我感到至高無

譯註3　一七九〇年—一八四四年，日本江戶時代的言情小說家。

上的喜悅。

那次以後我便對她魂牽夢縈，無法壓抑想再見她一面的欲望，滿腦子都是她的倩影。雖然一個中年男人這麼做非常不得體，但我還是每天靠著窗，對著木橋的方向望穿秋水。

四天過去了，女孩仍沒有現身。我開始愁眉不展，以前賞心悅目的底倉美景，如今卻怎麼看怎麼不順眼，眼前的懸崖峭壁有如泰山壓頂，令人鬱鬱寡歡。於是我決定出去走走，一個人離開旅館，從小湧谷穿過六道地獄，沿著坡道往蘆之湖的方向去。

這天的天空萬里無雲，蔚藍的湖面有如古鏡一般清澄，照映出箱根三國的翠綠山巒。久違的運動令人身心舒暢，我在湖畔找了塊大石頭坐了下來，觀望湖上的浮島。這時，一艘小船緩緩駛來，船上的女孩奮力划著小船，她身穿白色洋裝，將頭髮扎成了兩條辮子，淡紅色的蝴蝶結被陽光照得閃閃發光——我一眼就認出了那是她。

我目瞪口呆地盯著女孩的身影，簡直不敢相信自己的眼睛，還未回過神來，小船便往我的方向駛了過來。我顫抖著身子本打算逃走，不料女孩看見了我，她彬彬有禮地向我點了點頭，然後猛然一個調頭將船靠岸。船停下後，女孩睜著一雙清澈眸子看著我，歪著頭的樣子十分可愛。

「您要搭船嗎？」她親切地問道。

我無法形容當時她的樣子有多麼清純可人，以及她的一舉一動是何等的高貴優雅。她很活潑卻不失分寸，渾身散發出天真爛漫的和善氣息，彷彿想將她的喜悅與我分享似的。

我其實高興得快跳起來了，但如果被女孩看穿我的欣喜若狂，那就太難為情了，所以只是淡淡回了一句：「謝了。」甚至沒有起身向她致意。

老實說當下的我非常焦慮，一想到她可能會因為我愛理不理的態度而生氣，甚至直接划船離去，我就感到後悔莫及。

沒想到，女孩只是睜大了她那清澈的雙眼說：「哎呀，您不喜歡搭船嗎？」

起搭嘛！比想像中的好玩喔！」

她笑咪咪地露出酒窩，優雅地向我伸出手。

我的內心幾乎要喜極而泣，但還是繃著臉說：「喔，既然妳這麼堅持，那我就勉強搭一下好了。」然後一臉不耐煩地上了船。

女孩側過身，請我坐在她的對面。

「我先划，累了再跟您換手。」

她熟練地划起槳來。

「原來妳是為了找人划船，才邀我搭船的啊？」我露出無奈的笑容。

女孩聞言點了點頭，模樣十分惹人憐愛。

「是的，我想要划到佛崎，但單憑我一個人的力氣應該沒辦法划那麼遠。」她大方地承認。

女孩邊划邊聊她的父母、上女校的生活點滴，並鉅細彌遺地向我描述了前陣子的網球賽是多麼有趣。聊天途中，她不時停下手邊的動作，表演球員的各種動作給我看。

女孩的舉止活潑又不失優雅，近看更為美麗動人，那對我而言簡直可以用光彩奪目來形容。我彷彿在做夢一般，出神地看著她的臉龐，沉醉在她的聲音之中。半晌，她突然笑咪咪地看著我的臉說：「您是位伯爵吧？聽說您長期住在國外，是名了不起的學者。」

我的個性卑劣膽怯，但還是有高傲的一面，再加上我深以自己的顯赫家世為榮，這個問題深深取悅了我。但我還是故作冷漠地回答：

「是啊，我是舊諸侯的後代。妳從哪聽說的？」

「旅館裡大家都在傳，不想聽都聽到了。」

語畢，她話鋒一轉問道：

「您臉上的傷是怎麼來的啊？」

沒有比這個更令我不悅的問題了，我下意識地蹙緊眉頭。

「妳問這個做什麼？」

她似乎沒有聽出我語氣中的責備。

「旅館的人都說您是在戰場上受傷的，大家都很佩服您，說像您這樣的貴族竟然不畏槍林彈雨，親自上戰場保家衛國。」

說完，她又瞧了我的臉幾次。我這才明白，她這麼問只是出自孩子般的好奇心，盯著我瞧也只是在期盼我的回答，希望能夠知道真相。我剎那間不知道怎麼回答，只好隨口胡謅，故作幽默地說：

「是啊，我是在威海衛之戰中被敵人的砲彈擊傷的。很難看、很嚇人吧？」

「怎麼會嚇人呢？我覺得看起來很英勇威武呢！」她誠懇地點了點頭。

看來女孩並不介意我的長相。這番話令我喜出望外，將長久以來盤據於我心中的陰霾一掃而空。那是我這輩子最為海闊天空的時刻，如果我的個性不那麼彆扭，早就牽起她的手了，可惜我是個不受上天眷顧之人，反而話中帶刺地揶揄她說：

「少跟我故作親切，沒想到妳這丫頭還挺懂事的嘛。」

這樣的酸言惡語都沒把她嚇跑，不禁令人好奇她到底有多麼大度。之後她幾乎每天都來我的房間找我，在中庭遇到我也會主動搭話，約我一起去散步遊玩。我們變得愈發親暱，甚至會在我的房間裡一起用餐。我本已對這個世界感到十分厭倦，遇見她之後，生活驟然充滿了樂趣，這份意料之外的快樂讓我整個人精神煥發，甚至有了娶她入門的念頭。

女孩名叫小陶，是橫濱一家蠶絲仲介商的二女兒，年方十八，就讀櫻井女校四年級。姑且先撇開表面工夫不談，既然我身上流著貴族之血，婚事就不能隨心所欲，還是得講究門第家世。不過，比起那些娶藝伎為妻，還恬不知恥地霸佔政要之位的新貴族，這門婚事還算說得過去。小陶的父親仍保有舊時商賈的階級觀念，在我面前連頭都不敢抬起來，只要向他展示我的權勢，他絕對不敢拒絕這門婚事。老實說，我本想在提親之前確認小陶對我的心意，但每次話到嘴邊又默默地吞了回去。萬一我只是單相思，那不就太沒面子了？於是，我決定採取比較保險的做法，不事先徵求她的同意，也不對她表達心意，甚至刻意不給她好臉色看。

隔年的明治三十六年（一九〇三年）六月，我辦了一場盛大的結婚典禮，正式娶小陶為妻，也就是你的母親。為了紀念我倆結為連理，我在我們的初遇之地——箱根三石的湖畔蓋了一棟別墅，並取名為瀟湘亭。起初我本想取名為愛愛亭，連石碑都題好字了，但最後還是因為擔心遭人笑話而作罷。

別墅才剛蓋好，我們便前往箱根享受了兩個月的兩人世界。小陶婚後變得更加開朗活潑，整天都想著玩，像個孩子一樣四處跑跳。我過去的床伴都是妓女之流，從未跟處女發生過關係，因此，我不明白黃花閨女對男人能有多少真心與愛意，也摸不透她內心的真正想法。回頭想想，小陶當時的行為其實是一種純真的嘗試，她是為了鼓舞個性陰沉的我才故作開朗。然而，我卻將之視作賤民缺乏教養的行為，如果被其他貴族看到不知道會被說得多難聽。在虛榮心的驅使下，我決定將她調教成一個配得上貴族的女人，嚴格規定她的言行舉止。回到市谷的宅邸後，我請式部寮[4]的千金小姐來教小陶英語和西洋禮儀，並要求她學習鋼琴和馬術，一切聽從我的安排。

小陶的個性有比較吹毛求疵的一面，為了成為一個不亞於上流社會的貴婦，她除了上我安排的課程，每天還自己熬夜苦讀。她原本充滿朝氣的紅潤臉頰一天比一天蒼白，不僅失去了以往的活力，甚至變得不發一語，時常能看到她無精打采地坐在書桌前唉聲嘆氣。簡單來說，她成了我所刻劃的那種女人。

我其實深深愛著小陶，愛到每分每秒都想待在她身邊。但我死性不改，依然控制不住對他人的疑心，懷疑這個女人嫁給我是貪圖我的地位與權勢。在自卑心的作祟下，我覺得表達愛意是件令人難為情的事，所以在她面前總是表現得特別蠻橫粗暴，有時甚至會無緣無故出手打她。此外，我的性欲其實非常旺盛，只因為怕小陶瞧不起我，就故意假裝清心寡欲，每個月只跟她行房一兩次，而且每次都是草草了事，一副逼不得已才例行公事的態度。

當時日俄兩國的關係相當緊張，九月俄國公使羅森與小村特使談判破裂後，日俄開戰已是迫在眉睫。我看準時代潮流，響應了河野等人的抗俄同志會，帶領

譯註4 明治時期的公家單位，主要掌管儀式、圖書、皇家侍奉等事宜。

貴族要求政府與俄開戰。為了搏得虛名，我每天心不甘情不願地四處奔走，忙到幾乎沒時間待在家裡。

那年十一月，小陶懷孕了。我希望小陶在心智上是個成熟女人，卻又希望她的外表永保年輕美麗，再加上我很擔心孩子出生後，她會把心思全花在孩子身上，於是便拿出當時的最新學說——孟德爾的遺傳法則曉之以理，說她現在還缺乏文化內涵，沒有資格擁有子嗣。我不顧她的苦苦哀求，嚴令她即刻墮胎，然而事與願違，我用盡各種方法都沒有打掉這個孩子，只是害小陶身體愈發虛弱。隔年七月，懷胎九月的小陶早產生下一名男嬰，也就是你。

小陶在孕期搞壞了身子，產後一直為惡性貧血所苦，每天都暈眩昏倒好幾次。為了幫小陶調養身體，我於九月底將她送到箱根的別墅，並派了一名護士和三、四名女傭隨身服侍。日俄戰爭開打後，我於貴族會館成立了勞軍會，全心投入勞軍工作，根本抽不出時間去探望小陶，從九月到隔年明治三十八年（一九〇五年）的六月之間只去看了她兩次。

湖畔

六月十日，我為了勞軍會的事情到小田原拜會友人。結束後，我臨時起意去箱根一趟，便在三枚橋叫了一輛人力車。

在車伕的趕路下，我於晚間八點多抵達別墅後方，從湖畔的竹柵門進入後院，沿著飛石步道走向主樓。令我驚訝的是，面對庭院的日式客廳此時竟燈火通明，還傳出陣陣喧鬧人聲。

我躲在樹叢後面偷看，發現裡面有一群人正在聚會玩樂，其中還有我認識的人——一個名叫日足的女作家、《二六新報》的記者弓削，以及詩人北村。他們三人正在玩花牌，時不時發出不堪入耳的叫牌聲，碗盤和酒瓶丟得滿地都是，還有五個樣貌低俗的男女躺在地上。至於小陶，她綁著一頭亂髮，邋遢地披著一件外袍，靠著柱子弓膝而坐，手上還抱著一把月琴，唱著我未曾聽過的俚曲，那不倫不類的姿勢幾乎要讓她露出小腿。

眼前的光景看得我目瞪口呆，一切都太出乎意料之外。就在這時，一個長得有如狐狸一般的書生倏然起身。

「各位讀過《文藝界》上二葉亭翻譯的〈四人共產團〉了嗎？」

旁邊的一個人揮了揮手嫌棄道：「你還是別發表評論了！免得美酒餿掉！」

惹得那名書生抖肩而笑。

「話可別說得太早！我覺得我們可以改編一下那篇文章，演個箱根共產團。誰來演那個色膽包天的琪兒潔可呢？我剛才躺在那裡左思右想，覺得這個角色非日足女士莫屬！至於那個赤手空拳將壞蛋一網打盡的男人，當然是北村大人！捨您其誰！」

此話一出，左手還握著花牌的日足轉頭看向該名書生。

「哎呀，岡燒居士又在那邊突發奇想啦？少拿我們開玩笑了。」說完，她瞄向坐在外廊邊的小陶，「你也太失禮了，我跟某人不一樣，不會扮豬吃老虎，小女子我還是個處女呢！」

日足一副話中有話的樣子，然後用空著的那隻手環上北村的腰際，態度突然曖昧了起來，「北村先生，乾脆我們來假戲真做吧。」

一行人開始起鬨，有人叫北村快上，有人叫北村摸她的胸部。喧鬧一陣後，一個穿著紅褐色褶裙式和服、看上去還是學生的女孩突然說：「討厭啦，人家受不了了。」

她揉了揉身體站起來，「看你們這樣，我整個人都熱起來了。」然後走到狐臉書生的身邊對他說：「我們出去散步一下，很慢才會回來的那種喔。」說完便拉起他的手。

狐臉書生被她拽著起身。

「風搖金波聞遠聲，船家，今宵何處情難耐。喂，妳現在拉我出去，可是會發生很恐怖的事喔！妳可得做好心理準備喔！」

狐臉書生嚷嚷著走下庭院，與女學生手牽著手往我這邊走來。我急忙退到湖畔處，只見狐臉書生把手伸到女學生腋下處的袖口裡，摟住她的香肩，兩人難分難捨地走向森林。

我躲在開著繡球花的花叢內屏氣凝神，對小陶的不檢點愈想愈氣，本打算進去屋裡直接訓她一頓，但如果在這群鼠輩面前發怒，就顯得太小家子氣了。於是我改變主意，決定等他們離開後再跟小陶算帳。為了打發時間，我先到浮島去找一位名叫高木的律師，不巧的是高木到賽河原找朋友下棋去了。碰了一鼻子灰的我，只好到湖畔一家名為金波樓的餐廳借酒消愁。

時間來到晚上快十一點，我想那群粗鄙之徒應該已經離開了，便直接穿過庭院，無聲無息地走進主樓。沒想到，他們非但還沒走，反而玩得更起勁，幾乎要把屋頂給掀了。我看他們沒有要解散的意思，便逕直走入客廳，那群人看到我時，個個嚇得渾身發抖，彷彿被雷劈到一般震懾在原地，那驚慌失措的模樣令人不忍卒睹。沒多久，下人們也急忙從屋內出來，在走廊上戰戰兢兢地向我下跪，頭都不敢抬起來。他們大概以為我是來興師問罪的，因為我沒有事先通知，身邊也沒有帶隨從。

我掃視客廳一圈後，發現小陶不在這裡，更何況我也不想繼續呆站在這，便打開拉門往小陶的閨房走去。這時，日足突然拉住我外套的衣角，然後問了一個再愚蠢不過的問題：

「請問您要去哪裡？」她用膝蓋連走帶爬地靠了過來，「夫人身體不適，已經歇下了。」

我隨口「嗯」了一聲後打算繼續往前走，沒想到日足一個箭步來到我面前，像個孩子一樣張開雙臂擋住我。

「那、那個……就是……夫人她真的很不舒服……」

她語無倫次的樣子反而引起了我的疑心。我一把將她推開，也不顧她在後頭痛得哇哇大叫，一股勁地往房間走去。

照理來說，像我這種身分的人，實在不該在這種鼠輩的面前失態。但從剛才開始，我心中累積了太多鬱悶與憤慨，再加上酒勁有些上來了，情緒才會失控至此。我穿過走廊來到小陶門前，轉了轉門把，發現門從裡面上了鎖。房內傳來一陣慌亂的腳步聲，還聽到通往庭院的玻璃窗被打開的聲音。情急之下，我舉起走廊上的橡木花台打算把門打破，一人見狀趕緊從後面抱住我，想要把我拉開。只能說，那個人沒有被我用花台砸破頭實在算他僥倖。

拉扯了一番後，我終於成功破門而入。六折屏風後方的檯燈是亮著的，床上有兩個圓枕，枕邊還放了燗酒瓶和酒杯。窗邊的榻榻米上散落著白襪和腰間菸盒，看來姦夫已經從窗戶逃走了。我一腳踹倒屏風，只見小陶萬念俱灰地坐在那裡，臉色有如人偶一般慘白。她身上只穿了一件襯衣，上胸坦露在外，檯燈的斜照在她渾圓的乳房上留下了美麗的光影。

一股奇妙的感覺在我心中油然而生，不知道該說是卑劣的情欲，是嫉妒，還是心醉神迷，或許更像是這三種情緒的等分混合體。但那股感覺瞬間便煙消雲散，取而代之的是一種突如其來的野蠻衝動，我一個箭步衝向小陶，用力踹了她的肩膀。小陶慘叫一聲後仰倒在地，彷彿死了一般緊閉著雙眼，甚至沒有去遮擋整隻裸露在外的玉腿。

之後鬧了多久我已經不記得了，只隱約記得一大群人拉住我的手臂和肩膀，死命地將我往客廳拖。待回過神來時，我已是一個人躺在客廳裡全身發抖，冷汗直流。

初更時分，夜幕已然低垂，整座別墅鴉雀無聲，只聽得見夜風劃過湖水的聲音。不知道小陶怎麼樣了？我拍了拍手，但沒有下人出來應侍，我只好親自到下人房去找他們。護士和女傭看到我來嚇得縮在一起，動都不敢動一下，簡直生不如死的模樣。

我問她們：「夫人怎麼樣了？」她們卻是一問三不知，一點忙都幫不上。

不管怎樣，事情總是必須解決。我找遍了整間屋子都找不到小陶，我想她可能在你那邊，便去了你所在的別樓一趟，但她也沒有在那裡。最後我無奈地回到客廳，一個人沉思了一陣。我的心中沒有熊熊怒火，沒有愴然悲情，也沒有忌妒之念，滿腦子在想的都是如何保住自己的顏面。事發突然，雖然還沒搞清楚前因後果，但我很清楚這個醜聞將不僅僅是一場災難。因為在世人眼中，我是個堅守原則、不受任何事物拘束、剛正不阿的人，這件事將重創我的形象。不巧的是，弓削那個無事生非之徒也在場，可想而知，他一定會在明天的晚報上把我寫得不堪入目。一想到他將拿這件事情大作文章，用筆尖把我的名聲弄臭，我就忍不住氣得發抖。

我當然不可能任憑世人對我嘲笑謾罵，甘願當個縮頭烏龜。我應該會將姦夫告上法庭，只是，這實在不是什麼光榮的事，一想到我得在眾目睽睽之下自白說：「對，就是這個男的睡了我的妻子。」我就感到無地自容。

這膠著的狀況讓我不知如何是好，仔細想想，都怪我下手不夠重，才會導致這不如人意的結果。我真是後悔，當初就算不殺了小陶，也應該拿刀砍她、捅她，盡情教訓她一頓，這樣才能彰顯我的威嚴，不至於淪為世人的笑柄。

我為自己的吃虧而怒火中燒，如今我的腦中只有一個想法，那就是現在動手還不遲。雖然這種做法已經過時了，但唯有手刃小陶才能保住我的顏面。這樣的想法在我心中不斷發酵，那令我愈發堅信除此之外別無他法。

說老實話，那並非我真心所想。抓姦在床的那一刻，我的心中縱然激憤，卻也知道自己該為此負一半責任，是我將小陶逼到這個地步的。我從小就習慣了失望，所以從一開始就對小陶的心意不抱任何期望。見到她偷人時也只是覺得果真不出我所料，心中沒有一絲怒氣，更沒有恨到想要殺了她感覺。如果我是單獨撞見小陶偷人，而且確定事情絕對不會外傳，大概只會對她曉之以理就不再追究。

由此可見，我是一個多麼膽小又殘忍自私的男人。為了保住自己的名聲與顏面，竟打算手刃自己並不憎恨的妻子。有些人為了一點小錢就殺人奪命，他們的行為縱使暴虐無道，卻不似我這麼膽小卑劣。恢復冷靜後我意識到，自己在頭腦清醒的情況下應該很難對小陶出手，但如今我已無路可退，只能咬著牙硬幹了。

就在這時，我感覺庭院裡有人。抬頭一看，竟看到小陶一個人呆站在箱根竹前方的松樹樹蔭下。

「喂！」我對著她叫道。

她睜大了眼睛，彷彿要把眼皮撐破似的，不發一語地盯著我瞧。

那是小陶昏倒前才會出現的神情，如果她真的昏倒了，我可就不好下手了。

為了讓她保持清醒，我大吼道：

「小陶，妳給我過來！」

她踉踉蹌蹌爬上客廳，雙手貼地跪倒在我面前。

「沒想到妳還敢回來。既然回來了，想必妳已經做好覺悟了吧。」

小陶往你所在的嬰兒房瞄了一眼後，低著頭輕輕頷首。

當我抵達位於浮島的高木家時，東方天空已然泛白，晨露沾濕了我的膝蓋和小腿，感覺有點麻麻的。我按下門鈴，卻遲遲等不到人起床應門。於是我從院子繞到外廊，拿著木屐用力敲了敲防雨門。

「誰啊？」

一個聲音悻悻然說道。半晌，高木打開防雨門探頭出來，大概是被我的一身狼狽嚇到，他驚叫了一聲就作勢要跑進房間。

我進到他家客廳盤腿坐下，只見高木表情僵硬、畏畏縮縮的，不時抬眼偷看我。

「小陶行為不檢點，我已經親手了結了她。」我冷不防地說道。

「什麼？」高木倒抽了一口氣，下巴不斷顫抖著，隔了好一陣子，才瞪大眼睛愣愣地問我：「不檢點？她做了什麼？」

「她偷人被我抓姦在床，所以我殺了她。」

「姦夫是誰？」

「誰知道啊。總之，我等等就要去東京檢事局投案，我要你幫我辯護脫罪。」

高木將手放在膝蓋上，低著頭沉思了一陣，然後一臉不知所措地說：

「我恐怕辦不到……」

高木家裡是舊貴族，擁有美國費城大學的律師執照，可謂年輕有為。憑他的口才，在法庭上絕對能跟法官爭辯得你死我活。可惜他的個性因循苟且，總在關鍵時刻躊躇不前。

「說那什麼蠢話！你不是無所不能嗎？」他不順從的態度惹得我大發雷霆。

高木雙手抱頭，「不……這場官司太難了，我沒有把握能打贏。」

「所以我才特地來找你商量計策啊，還是你有什麼難言之隱？」

高木聞言抬起頭來。

「我怎麼可能有難言之隱……」他雙手抱胸思考一陣後，「好，我就姑且一試。我會向法官強調，夫人在你的庇護下養尊處優，卻忘恩負義、恩將仇報，你是因為無法接受這個事實才下的手。」

「沒錯，你就盡量詆毀小陶，我也可以先跟你串好供詞，捏造事實。不過，你確定這樣我就能無罪釋放嗎？」

「不，光是這樣還不夠，要有能解除違法性的事實。」

「好，那就請你這麼辦。」

「事情沒有那麼簡單，你先把詳細情況告訴我，你是怎麼殺害她的？」

「我掐死了她。」

「她會不會只是昏過去而已？如果你投案了才發現是烏龍一場，可是會笑掉人家大牙的。」

「我揪住她的衣領，用力掐住她的脖子，最後她的耳朵和眼睛都流出血來，應該已經死透了。」

「你為什麼不用刀子或手槍作案？」

「因為當時手邊沒有那些東西。」

「也就是說，你當時氣到失去理智，甚至沒有時間去準備兇器。這個理由很好。」

「喂，我才沒有失去理智，我當時非常冷靜，是因為別墅裡沒有刀子也沒有手槍，我才徒手殺了她。」

「事實是怎樣不重要。然後呢？你是怎麼處理屍體的？」

「我把屍體搬到船上，綁上石頭丟進湖裡了。」

「你何必棄屍呢？為什麼不把屍體留在現場？」

「不這麼做難解我心頭之恨。」

「你把她丟在哪一帶？」

「佛崎的湖深之處。」
「那一帶是蘆之湖水最深的地方，盛夏時節水深至少七十五公尺起跳，你是在知道這件事的前提下，才選擇在那棄屍的嗎？」
「對啊，怎麼了嗎？有什麼不妥嗎？」
「唉，如果你是明知故犯，就很難博得同情了。不如這樣吧，你就說，屍體放在家裡有辱聖潔，所以你才搬到湖邊，恍惚之間不小心把屍體掉進了湖裡……也只能這樣說了。」
我將雙腿往前一伸。
「就老實說我用船棄屍也沒什麼不妥啊，我只要能卸責就不會被判刑對吧？那我告訴你，我絕對會被無罪釋放，因為我有精神病，我之前從國外回來的途中，曾在印度洋上發病過一次。瘋子做什麼都不用負責任對吧？這一切都是我失神時做出的行為，前後有矛盾之處才更逼真啊。」
聽到這裡，高木低下頭無奈地笑了。

六月十二日，我向貴族局提出了隱居申請，之後便前往東京檢事局投案，並於當天被收押進鍛治橋監獄裡的拘留所。第一次開庭時，高木向法院申請了精神鑑定，結果顯示我是舊疾復發。十月一日第二次開庭，法院認定我為無責任能力之人，將我無罪釋放，於是我便在十月三日出獄。

出獄後，我發現大家都站在我這邊。大眾認為我是因為長期隱忍妻子的不義與淫行，才會導致精神病復發而衝動殺人。在他們看來，若不是小陶自己不檢點，我也不至於再次發瘋、犯下殺人罪，所以小陶得負起所有責任。親族們都很同情我，甚至還有人特地來信祝賀，這讓我很是滿意。十月五日，我約了一百五十名親朋好友，在柳橋的大中村辦了一場出獄慶祝會，大家在會上都對我稱讚有加。出獄後的我志得意滿，但畢竟還是坐了一陣子的牢，身體已不如以前健朗，精神也嚴重受創。為此，我決定到箱根的別墅靜養一陣子。

因這次我有事先派人通報，所以下人們整理得特別用心。他們把前院的樹木修剪得整整齊齊，並在凹間處插花裝飾。即便如此，我還是忘不了那天發生的事。還記得那天小陶呆站在箱根竹前，如今竹葉上已附上一層白霜，每每有風吹過，竹葉就會簌簌作響。小陶房間桌上放著一只青瓷花瓶，瓶中插著兩三朵冬菊。水還是乾淨的，我想下人們每天都有定時換新。我不斷想起那些不願想起的事，心中很是不快。

早晨的霜氣逐日增強，神山山頂染上了一層淡淡的白色，滿山楓葉飄落紛飛，一夜之間便露出稜角分明的山骨。這天我感覺有點感冒，一個人拿著暖爐，悵然若失地望著庭院。這時遠方傳來一陣人聲，而且愈靠愈近，最後在我家別墅門口又喊又叫。正當我疑惑發生了什麼事時，一個叫做甚造的下人慌慌張張地跑了過來，跪倒在外廊的換鞋台上。我走出外廊，大罵道：

「外面在鬧什麼？叫他們給我安靜一點！」

甚造氣喘吁吁地回道：「今早梅屋的重吉到深良河口吊鰻魚，發現蘆葦叢內卡了一具浮屍，他鼓起勇氣上前一看，發現那好像是夫人的遺體。因遺體的狀況不是很好，他找人合力將遺體送了過來，現在正準備搬入偏廳。」

「自作主張！誰准你們把屍體搬進來的？」

「難道您要叫他們放回岸邊嗎？」

甚造抬起頭來看著我，眼神像極了一隻發怒的狗。

「總之不准搬進來！每年投湖身亡的人又不是只有一兩個，事情都過了半年之久，怎麼能斷定那就是我們家夫人？你現在就回去，叫那群人不要在那邊丟人現眼！」

「恕奴才斗膽，那具屍體無庸置疑就是夫人。」甚造留在原地，沒有聽命行事。

該如何形容此時我心中的那股感情呢？老實說，我並沒有殺死小陶。我本來是打算殺了她的，那天我跨坐在她的胸前，掐住她的脖子，而且逐漸加重力道。之所以沒殺成，是因為我掐她時碰到了她的肌膚。我的技巧太過拙劣，只見小陶的腳趾彎曲得有如一隻螃蟹，眼睛也瞇成了鬥雞眼。她緊緊抱著我，張著嘴巴嗚咽喘息，有如剛泡完澡一般滿臉通紅，髮際處還冒出了色澤豔麗的汗珠。我邊使勁邊問道：

「怎麼？很痛苦是嗎？再忍一下，很快就好。」

小陶將臉靠向我，笑著搖了搖頭，一雙嬌巧的紅唇彷彿在向我索吻一般顫抖著。一股難以形容的邪惡情欲在我的體內湧現，嚇得我立刻鬆手彈開。

如果我一直以來都能這般忠於自我，這半生也不會不幸至此。此時此刻我的心已然冷卻，陷入最不適合殺人的狀態。我刻意雙手抱胸，板起臉孔對她說：

「這次我就饒妳一命！但別以為妳可以光明正大地活著。我要妳到三島的蓮月庵當一輩子的尼姑，就當自己今天已經死了，不准跟任何人坦承身分，也永遠不准離開尼庵！」

說完，我強行帶小陶穿過庭院來到湖畔，帶著她划船往深良川的方向去。我打算在深良川放她下船，讓她自行穿過湖尻山口，從深良村通往三島。

涓涓湖面映照出澄淨的漸盈月，夜風將岸邊蘆荻的長葉吹得左右搖擺，四下只聽得見划槳的聲音。小陶坐在船頭低頭不語，我也沉默無言，想說的話太多，反而不知道怎麼開口。

划了約莫四十分鐘後，小船便抵達深良河口。我伸手扶小陶下船，把錢連同錢包塞給了她。小陶向我行完禮後，利索地折起和服下擺，走進了一條竹林小徑。將船調頭時，我回首看向小徑，只見小陶站在微微隆起的高處，直直望著這邊。

我來到位於大門側邊的偏廳，看到屍體放在一塊門板上，上面還蓋了一塊白布，下人和村民則在一旁個個正襟危坐。派出所的巡警看到我來後，畢恭畢敬地拉開白布。

屍體顏色慘白，既像鯨魚的肥肉，又像泡在酒精裡的胎兒標本。耳上所剩無幾的五六根頭髮，全掉進了沒有眼珠的眼窩中，耳朵處還長出綠瑩瑩的水草。側腹肉已消失無蹤，隔著肋骨能看見有如魚類精巢的臟腑，綁在身上的繩子從尾椎處穿出，看上去活像條尾巴。

不知道誰去通知了高木，他鐵青著臉趕了過來。看到屍體時，他不尋常地「唔」了一聲，一臉泫然欲泣的模樣。

「唉，實在是太可憐了。」高木雙手合十。

眼前的狀況令我束手無策，這一切實在太荒謬、太棘手了，讓我感到無比焦躁。巡警見我板著一張臉，便開始唸起一長串悼詞，他大概以為我正沉浸在喪妻之痛中吧。唸完悼詞後，巡警對我說：

「因遺體長期泡在水中，外表已難以辨識。雖說這應該就是尊夫人沒錯，但還是請您確認一下身體特徵，驗屍官等等就會過來，再麻煩您協助認屍。」

高木聞言，頂著一張蒼白的臉怒斥道：

「說那什麼鬼話，這還需要認嗎？如果這不是夫人的屍首，你倒說說是誰的？」

見高木如此口無遮攔，我很想對他破口大罵，卻不知道該罵他什麼。這應該是外頭不知名乞丐的屍身，與其要我接收如此難看的屍骸，我寧可將真相公諸於世，打破這鬧劇一般的悲戚氣氛。

如果我能跟他們說：「嘿！我其實沒有殺死小陶，只是把她送到了三島的尼庵。」然後請他們把屍體搬出去，那該有多痛快？但這份痛快只是一時的，事情沒有那麼簡單，一旦我說出真相，就會因為觸犯法律而被送進監獄。我因為撒謊說自己殺人而被判無罪，但如果坦承自己沒有殺人卻會因此獲罪，這是多麼可笑的法律漏洞。

我犯的是妨礙秩序罪，因並非重罪，頂多只會被判兩年徒刑。但問題不在於刑責輕重，一旦進入錄口供的程序，世人就會發現我是個卑劣膽小之人，我那輕薄膚淺的虛榮心也將被毫無保留地攤在陽光之下，接受各界的指責與批評。這是我最無法接受的結局，因此，我寧願繼續當個殺人犯，承認眼前這個屍體是死於我手。雖然我心中我並不想接下這個燙手山芋，但也只能對大家說，沒錯，這就是那個被我勒死後投入湖中的妻子。對於這個答案，巡警和其他人都非常滿意。

我回到房間，悶悶不樂地坐了下來。突然之間，一個疑念有如利箭一般貫穿我的胸口——那個面部全非的肉塊，會不會就是小陶呢？屍體是在深良川邊發現的，難道說小陶在我划船離開後就投湖自盡了？她個性溫順，卻也有鑽牛角尖的一面，很有可能會因此想不開。我剛才看到屍體之所以無動於衷，是因為我認為小陶沒有死，也沒有想到她自我了斷的這個可能性。既然現在想到了，自然無法冷靜以對。

我三步併作兩步來到偏廳，在眾目睽睽之下拉開白布。屍體腐爛得非常嚴重，身上不是被魚蝦啃食，就是岩石留下的擦傷，令人慘不忍睹。但因為那座湖泊是水溫較低的貧養湖，所以屍體還是有不少地方保留完整的形狀。從肩頸的胖瘦來看，她生前應該擁有婀娜的體態，剩下的胸部也看得出原本相當豐腴圓潤……這身材愈看愈像小陶，我的心也愈發慌亂。我突然想到，小陶的下方門牙和犬齒之間有一個小小的蛀洞，我膽戰心驚地看向屍體的下排牙齒，沒想到那裡真有一個眼熟的小洞，這個打擊令我不禁雙腿一軟，跌坐在地。

沒想到那個如花似玉的小陶竟成了這副模樣。曾經充滿靈氣、有如黑曜石般閃閃發光的眼眸，如今竟成了兩個漆黑的窟窿；曾經有如櫻貝般的可愛耳朵，如今竟長出了水藻的綠芽；曾經抱著我、讓我當枕頭睡的纖弱雙臂，如今竟成了皮肉斑駁的白骨。

眼前的景象太過殘忍無情，彷彿根本不屬於這個世界，對我而言更是撕心裂肺之痛。我沒有親手殺死小陶，但她本是可以長久盛開的清純花朵，是我將她殘忍地摘下，為了滿足自己的虛榮心而將她逼進了地獄。如果我是親手殺了她，肯定不會愧疚至此。然而，地獄吞下她後又吐了出來，將她以這副悲慘的模樣送回我的面前，用這些鐵證一一數落我的涼薄與卑劣的罪過。屍體上所留下的傷痕、污點、腐肉，都是我的膽小、卑劣、虛榮、自私所留下的罪惡徽章。

沒過多久，驗屍官和警署的醫師便來到我家。他們例行公事地驗完屍，準備將小陶抬起入殮時，她小腿上的一塊肉突然掉到了地板上。看到這樣的情景，我忍不住用袖子掩面痛哭。

我之前之所以能夠完全不在乎，是因為以為小陶還活著。一想到小陶已經離開人世，這輩子再也無法與她相見，我就無法壓抑心中那股難以言喻的悔意與憐惜。我驀然想起初見小陶時她對我說的每一句話、她的一顰一笑，還有她嫁給我後的各種純真嬉戲……那些早已遺忘的記憶，如今竟清晰地浮現於腦海之中，惹得我淚如雨下。

我們將棺木安置在大廳中，還在棺木前放了小陶生前最愛的秋玫瑰與博多人偶。小陶生前經常在這裡彈奏風琴又或是一個人玩耍，現在回頭想想，她其實是個純真又惹人憐愛的妻子。她離我而逝後，我才注意到她的體貼與真心，才明白她是多麼愛我，是多麼令人放不下。小陶是世上唯一一個真心愛我的女人，我也打從心底愛著她，都怪我那不成熟的心性，才阻擾了我倆相愛。但現在說什麼都太遲了，小陶已經離開了，我好不容易才看清自己的愚蠢，小陶卻已經不在人世了。

我死氣沉沉地坐在棺木前，盯著線香發出的繚繞白煙。一想到這是一場生離死別，我就不禁悲從中來。於是，我默默地穿過庭院、走入後方的森林，打算到沒人的地方大哭一場。

小路的兩側長滿了杉樹、橡樹、檜柏，一片鬱鬱蔥蔥遮蔽了陽光，啄木鳥的叫聲在樹木間迴盪，讓人有種置身深山的錯覺。

時近黃昏，我慢步走在昏暗小徑的落葉上，眼淚就這麼毫無預警地落在了胸前。我將額頭靠在杉樹幹上黯然哭泣，就在這時，我聽見了樹枝折斷的聲音。

我尋聲望去，只見小陶將兩邊袖子拉在胸前，蒼白著臉呆站在薄暮之中。我目瞪口呆地看著那有如幻影般的身姿，覺得自己一定是悲傷過了頭，才會再次出現幻覺。小陶頭戴深紫色的禦寒頭巾，身穿同樣顏色的女用外套，同樣目不轉睛地盯著我。那淡薄而朦朧的輪廓，怎麼看都不像活人，然而，我還是在思念的驅使下喚了她的名字。

「小陶……」

被我一叫，小陶立刻像個孩子般哭著向我飛奔而來，她緊緊環住我的脖子，在我的懷中嚎啕大哭，那力道讓我幾乎無法呼吸。

我就知道小陶沒死，但高興之餘也不禁擔心了起來，如果被其他人看到小陶還活著，那可就麻煩了。這裡只是森林的入口處，常有村裡的小孩來這裡撿柴。

我摸了摸她的背提醒道：

「別那麼大聲，被人看見就不妙了。」

小陶聞言立刻停止哭泣，用她那雙滿是淚水的大眼睛凝視著我。

「我是為了殺了你再自我了斷而來的，別人要怎麼說隨他們去，只求你跟我共赴黃泉。」

說完，她從腰間拿出一把帶有刀鞘的短刀。

縱使讓這世界上最能言善道之人費盡千言萬語，也不及小陶這一句話般震撼我心。那一剎那，我才領會到小陶對我的真心與愛意。光憑我的文筆，根本無法描寫出當下的情感，即便是拜倫、歌德這種妙筆生花的作家，也一樣無以言喻。

我忍不住喜極而泣，小陶拿出手帕幾次為我擦去眼淚。我彷彿孩子緊握著最愛的玩具一般，將她死死地擁入懷中。

「謝謝妳回到我身邊，我剛才就是因為太想念妳才在那邊哭。」

當時的我語無倫次，只是不斷重複這句話。直到今天，小陶還會笑著模仿我當時的反應。

我倆緊緊相偎，到森林深處的一間小屋內行魚水之歡。那是間就地取材搭建的臨時小屋，只是簡單立木為柱，再搭上木板作為屋頂。玄關沒有鋪地板，屋內也只鋪了四、五張老舊的榻榻米，中間開了一個地爐。這本是給山林管理員避雨的地方，現在已無人踏足。

過程中我們不斷交談，小陶向我傾訴她對我的愛意，說著當她以為被我討厭時是何等孤單寂寞，而那些寂寞的日子又是何等痛苦。

「所以我才會找那個人來代替你。我很坦白地對他說，我是因為太想念你才會跟他做那種事，並請他假裝自己是你，盡量模仿你的言行舉止。只有他真的學得很像時，我才會跟他做。這樣是不是很壞？我還是不守婦道的女人嗎……」小陶傻傻地看著我，「老實說，我並不覺得自己不守婦道，因為跟他在一起時，我的心裡只有你。」

「那個人究竟是誰？」

小陶輕嘆了一口氣。

「我本來打算死守這個秘密的，但事已至此我也就不瞞你了，是高木。」

「果真不出我所料。」

「你早知道是他？」

「屍體送到家裡時，高木第一時間就趕了過來，臉色鐵青地為妳合掌唸佛。看到他那不尋常的反應，我心裡就有底了。聽說高木在事情發生後，就將家裡的管家和女傭都趕走了，自己一個人待在偌大的別墅裡足不出戶。他心裡肯定怕得要死，因為他是個膽小鬼，看他那個樣子，總有一天肯定會上吊自殺。我自首後，高木想方設法為我脫罪，辛勞到簡直要大出血便，他這也算是將功贖罪了。老實說，對於你跟高木，我早就消氣了。」

我脫下襯衣給小陶保暖，隨後快步趕回別墅，拿了懷爐和兩件厚外套，打算給小陶當睡衣穿。出門前，又看到客廳角落堆放著幫守夜客人準備的便當，便隨手拿了三個送到小屋。第二次回來時，又成功帶出坐墊和一壺熱茶，路上還不小心被熱茶燙傷了胸口。

我趕在誦經開始前再度回到別墅。因按捺不住心中的喜悅，我差點在誦經途中笑出聲來，嚇得我趕緊閉口。隔天，我和高木兩人一起到東京處理安葬事宜。在那個不知名人士的喪禮上，高木從頭哭到尾沒有片刻停歇，我問他為什麼那麼傷心，他說他得了憂鬱症，經常沒來由地落淚，叫我不要管他。

小屋裡的東西逐日增加，雖然用的是缺角的碗盤，吃的是醃蘿蔔乾，但還算是衣食無缺。要形容的話，我就像是個殺了妻子後金屋藏嬌的男人。如今我與小陶之間已沒有任何謊言與虛榮，每次只要我準時赴約，她就會從小屋中衝出來抱住我，深情地對我說：「謝謝你準時來找我，我好高興喔。」彷彿一個等不及與戀人見面的女孩，對我流露出前所未見的情意。她的態度令我欣喜若狂，我每天都會從鎮上買來一些粗茶淡飯，在滿是灰塵的舊榻榻米上與她共餐，然後陪她蓋著外套睡一個小時。

有天我對小陶說：

「我很享受現在的生活，也很想這輩子都跟妳這樣過下去。但如果繼續待在這裡，到時被人家發現妳還活著，我肯定免不了一場牢獄之災。為斷除後患，我打算拋棄這個家、拋棄我所有的財產，帶著妳遠走天涯，自由自在地過活。」

小陶立刻拍了拍手表示贊同。我牽起她的手對她說：

「妳可要想清楚，為避免事情暴露，我們不能帶走任何錢財，只能淨身離開這裡，一輩子過著這種一貧如洗的日子，妳願意嗎？」

「沒問題，就照你說的辦！」小陶雀躍地起身，一副迫不及待要出發的模樣。

隔天一早我按時來到小屋，小陶衝出來告訴我，昨天她在森林的入口處遇見了高木。

「這下糟了，妳有和他說話嗎？」我不禁眉頭深鎖。

「沒有，他一看見我就瞪大眼睛往後退，連滾帶爬地逃走了，大概是以為見鬼了吧。我覺得不用太擔心，畢竟他可是全程看著我下葬的人。」

「話不能說得太死，不過我有信心可以讓高木守住這個秘密，給我一點時間，我去去就回。」

大約兩小時後，我再度回到了小屋。

「喂，我去高木家的時候，他已經懸樑自盡了。」

聞言，小陶一言不發地看向我，一臉無法接受的表情。她大概懷疑高木是被我殺人滅口的，但也沒有多說什麼。我走上榻榻米，拉起她的手一陣玩弄。

「看到高木的屍體後，我突然想到一個主意，光是失蹤還不夠，如果我死了事情會更好辦。我的意思是，我們可以把高木的屍體吊到森林深處，把他偽裝成我，將一切佈局成高木失蹤、我自殺，這樣我們就可以跟這個世界徹底告別。」

晚上十一點許，我划著小船來到高木家後門，將高木的屍體載到岸邊與小陶會合。小陶抓腳、我抓頭，我們合力將高木的屍體搬到森林深處。屍體重到令人滿肚子火，搬起來非常吃力。天空上雖掛著月亮，但森林裡濃蔭蔽月，光線根本照不到地上。要在這長滿荊棘和山葡萄藤蔓的暗林之中搬著重物行走，實在不是件簡單的工作。每次我一跌倒，小陶也會跟著跌倒，可憐的高木也因此被我們摔得渾身是傷。即便步步難行，我們還是盡可能地往深處前進。走了一個多小時後，一片鬱閉的橡樹林阻擋了去路，於是我們決定就地行事。我將繩子綁結後套在高木的頸部，抓著繩尾爬到一棵櫸樹上，將繩子綁在樹枝上用力拉。小陶則撐著高木的腳，一邊往上推，一邊發出低聲助陣。

抬頭望去，高木斑白的鬢髮閃耀著銀色光芒。他吊在那裡，身上多處骨折，表情像是已經放棄抵抗，又有些裝模作樣。那令我感到心滿意足，覺得自己好像完成了某種華麗的藝術品。我雙手抱胸，看著眼前的景象陶醉了片刻。

鈴木主水

要說的話，這就像魔界之現形，各種愚痴與惡念燃起了熊熊的修羅之火，導致世道顛三倒四，白黑不分，人情義理在這裡毫不通用。這種時候是多一事不如少一事，否則就有如火中拾栗一般，最終只是遍體鱗傷。

鈴木傳內在四谷鹽町的郊外擁有一間義世流派的小劍道場。享保[1]十八年（一七三三年）九月十三日的早晨，傳內在道場內部的小房間喝茶，看著景觀造園裡的秋草。就在這時，兒子主水[2]走了進來，若無其事地看著庭院。

「你等等就要出發了嗎？」傳內問。

「是的，要出發了。」主水恭敬地點點頭，然後有如在掩飾什麼似的，對傳內笑了笑。

傳內從以前就很清楚自己這個兒子在想什麼、有何打算，他能感覺到這個笑容是在說：「就是今天了。」今晚在池邊別第有一場賞月酒席，主水已決定在御前大鬧一場。父子倆早已是心靈相通，在這臨別之際，似乎也沒有特別想要講的話。但為了確保兒子能夠得以善終，傳內還是希望他拿夠奉行武士之道，即便再怎麼吊兒郎當、不知禮數，也絕對得謹守主僕之間的尊卑界線。

傳內是三河[3]鈴木傳助的後裔，祖上曾在德川家康討伐上杉景勝時立下戰功，後事奉於榊原家族，代代擔任兵隊大將。傳內是神田玉池道場的秋月刑部正

鈴木主水

直的愛徒，他除了是義世流派的劍術高手，也擅於使用無邊無極流派的長柄槍。先主公榊原政祐還在世時，傳內就被提拔為護衛首領，享七百石[4]俸祿。

主水是傳內的獨子，在他還是個未剃髮[5]的小主水時，就經常侍奉在政祐身邊。他生來就器量過人，而且還是個風度翩翩的美少年，就連葺屋町[6]的紅牌男妓，在他面前都羞得抬不起臉來。出眾的外貌令主水備受寵愛，主上甚至將他選為近身親信，甚至為了討他歡心而封賞百石。主水的美貌在當時無人能及，他的皮膚白皙剔透，身型修長苗條，擁有就連女子也自嘆不如的長睫，一雙水潤的眸

譯註1　日本年號之一，一七一六年—一七三六年，正值江戶幕府時代。
譯註2　日本古代的官職名。
譯註3　日本古地名，相當於現今的愛知縣，是德川家康的崛起之地。
譯註4　日本古時用來表示土地生產力的單位。
譯註5　江戶時代武家男子一般是於虛歲十五歲時剃掉額髮。
譯註6　江戶時代的地名，相當於現在的日本橋人形町，是公認的風月街。

子有如蜉蝣在液體之中一般，美得彷彿不屬於這個世界。他全身散發出一種與生俱來、用人偶或繪畫無法呈現的高雅魅力，一眼瞬間就令人永生難忘。

他隨侍主上的那段時間，總是用白色髮繩將頭髮盤結成一個牢固的大髻，穿著純白緞製內衣、印有家紋的絹質褐色短身和服，配上博多敬獻的白色條紋硬質腰帶，下身則穿著仙台平出品、附內襯的直條紋藍色寬褲，外套是由黑色縐紗製成，上面印有家紋，胸前繫著白色的繩結，腰間配著大型的長刀與短刀，以及印度進口皮革製成的腰袋，袋子的封口繩上有七分珊瑚玉的串珠裝飾，腳上則踩著白色足袋和藺草鞋。每天早上，他都會拿著韁繩和一條帶有紅色流蘇的寒竹馬鞭，帶著馬伕前往三河台的馬場。他的高雅與美麗令人難以直視，就連路上那些常常看到他經過的商人工匠，每每看到他都還是會胸口一緊，難以呼吸，不自覺地別開眼神。

傳內是秋月刑部門下的三傑之一，雖然他本身就是一名出色的劍客，但還是把主水送到兄長小笠原十左衛門於麴町三番町開設的泰平真教流派道場學劍，弓道拜竹林派的高須十郎兵衛為師，柔道師從吉岡扱心流的吉岡次郎右衛門，馬術則從學於大坪流的鶴岡丹下。

享保十年（一七二五年）春天，主水服完成人禮後，被任命為三十人火槍隊的隊長，正式受封兩百石，並於同年與同藩的物奉行[7]明良重三郎結為親家，娶了他的二女兒阿安，隔年生下兒子太郎，又接連生下女兒阿德。

享保十七年（一七三二年）八月二十九日政祐去世後，分家[8]榊原勝直家的四兒子更名為式部大輔政岑，繼承了姬路十五萬石的領地。他原名為大須賀賴母，一直以賓客的身分住在本家，向藩主額外領取三百石的稻米，和食客簡直沒兩樣。幾年前因為兄長勝興早世，他才意外地被封為千石俸祿的家臣。政祐死時沒有子嗣，他臨時被收為養子，就這樣當上了播州姬路的城主。

譯註7　官職名，主要負責調度木材等物資。
譯註8　從本家分出來的家族分支。

繼承於十月完成，新主公納了能勢因幡守[9]的二女兒竹姬入後宮，各種新任加封、換職交接等儀式忙得不可開交。就連新天皇繼任都沒有這麼大的異動，但新主公這次是鐵了心，把侍奉先主公的大小職務，從監察官、護衛首領、俸祿未超過三千石的官職、護衛、勞務、侍者，全都一個不留撤換成自己的人馬。就連原本保護少主公的分家護衛，也換成了他當賓客時伺候他的勞務。事實上，這群新人是由能劇演員、狂言演員、連歌俳句師、狂言劇作家等職業組成的烏合之眾，稱他們為護衛、勞務都太看得起他們了，其中有個叫做島田十十六的男人甚至還是品川本宿妓院的二兒子。這些人大多都是不務正業之徒，唯有新當上監察官的押原右內，是爭權失敗後被貶為庶人，從越後國[10]流浪至此。有一名名叫原武太夫的人原為負責管理倉庫的基層武士，後來成為彈豐後節[11]的三味線[12]樂手，右內在他的推薦下進入大須賀家擔任勞務。之後右內的女兒成為主公身邊的親侍，他才謀得監察官這個職位。

常有人討論這次的官職大洗牌的幕後操盤手究竟是誰，殊不知全是押原右內一人的主意。當初是右內向政岑進獻策略，舉了德川家宣於寶永[13]六年（一七〇九年）二月繼承將軍之位時把先將軍近臣全數罷黜的先例，政岑才會如法炮製。知道這個消息的人都深感絕望，甚至有些自三河以來就代代服侍至今的家臣自行去職，只因擔心將來有一天會被主公棄之如敝屣。第一個離開的是俸祿千石的護衛首領大取津田伴右衛門，他在新主公面前立下今後不事新主的誓言後，便離開了榊原家。後來俸祿四百五十石的兵隊小隊長荻田甚五兵衛、俸祿五百石的平左衛門、俸祿五百石的視察官多賀一學也跟著離開了。主水的父親傳內從原本的護衛首領調為財政官，但他以不願管理調度品為由辭退，最後也成

譯註9 「守」為日本古時的官職名。
譯註10 日本古地名，相當於現今的新潟縣。
譯註11 三味線音樂的一種流派。
譯註12 日本的一種彈奏用弦樂器。
譯註13 日本年號之一，一七〇四年—一七一一年，正值江戶幕府時代。

了無職之身。

播磨守政岑雖出身於分家，但門第仍相當高貴。他長相端正，甚至可以用玉樹臨風來形容，臉型細長，皮膚又光滑，看上去活像個賣藝人，一點也沒有為人君主的威嚴。政岑的聲音高亢，說話又快又愛搶話，說正經事時也總是夾雜著諧音笑話，滿口的揶揄與嘲笑。除了劍、槍、弓、馬，他也喜歡跳舞、彈三味線、模仿戲子演戲，給人一種寬宏大量的感覺。但其實，他的內心非常狹隘，喜奉承，好恭維，無法接受任何批評，有時一點不順耳的話就會惹得他大發雷霆，氣到七竅生煙。不僅如此，他每每喝醉就會分寸盡失，有一次還在吉原[14]路邊的大庭廣眾之下，演起了歌舞伎《矢之根五郎》中的段子，淪為大家的笑柄。

對於播磨守政岑的昏庸，傳內和主水都看在眼裡，但父子倆都從未宣之於口。就連兩人獨處時，都沒有說過這個庸主的任何不是。既然數落自己的主君並非武士應循之道，他倆就絕對不會踰矩。

一年過去了，享保十八年（一七三三年）為癸丑年。前一年因西南地區稻米欠收而引發大饑荒，甚至有百姓餓死，才剛過新年，江戶就因此出現農民起義。正當所有人都忙著從奧州[15]調米發糧時，政岑竟帶著剛當上名古屋城城主的從三位權中納言宗春，一同到吉原花天酒地，成了江戶城中街談巷議的話題。

德川綱吉於天和之治頒布〈法度十五條〉，明文規定諸侯不可踏足風月場所。這是五十年來第一次有諸侯出現在吉原街，同行的還有原屋小八、五平、老鼠三武，此舉更加惹人非議。當時一般男子是將兩邊的鬢髮繞到後腦勺綁成一個結，一行人卻將頭髮捲成一個尖尖的大髻，上面再綁一個髮繩，穿著長到拖地的和服，領口露出兩寸長的緋紅色縐紗襯衣衣襟，不穿寬褲，腰間配著長刀、掛著腰盒，裝扮看上去非常突兀，想要不引人注目都難。尾張和姬路的主君甚至連斗笠

譯註14　江戶時代公定的風化區。
譯註15　日本古地名，相當於現在的福島縣、宮城縣、岩手縣、青森縣、秋田縣等地。

都不戴，露出真面目大方出入各家妓院。

同年一月十一日，政岑召來尾張侯、酒井日向守、酒井大學頭[16]、松平攝津守等人，到池塘邊的私宅慶祝新年，一群人醉醺醺地手舞足蹈。這時，現場推出一個巨大的蓬萊山道具，政岑一拍手，蓬萊山便應聲分為兩半，裡頭出現十二、三個戴著頭冠、穿著禮服和大寬褲的舞女，唱著：「與天界相比，人間五十年有如夢一場。」並跳起了歌舞。

更過分的是，政岑對過來查看狀況的監察說：「我今天興致特別好。」之後便在書齋的上段之間[17]掛上簾子，叫來側室阿系彈奏三味線，自己則說起了豐後節流派的淨琉璃[18]，換上常服走出上段之間說笑道：「人生憂愁時常有，今日且聽我說分明。」這樣的作態連監察山村十郎右衛門都看不下去，板著一張臉離開了書齋。

如果只是單純的行為放縱倒也無傷大雅，但政岑的所作所為處處觸犯了幕府的忌諱。這讓榊原家陷入了危機，若讓幕府認為政岑是對主上不滿才做出這些失序的行為，就等於給了他們廢爵收地的藉口。這並非沒有先例，就連和德川家有血緣關係的越後諸侯，當初都被幕府以行為不羈為由收回領地，囚禁於伊予[19]邊境。即便榊原家代代忠誠於幕府，一旦出事也是在劫難逃。

傳內在四谷落腳後，主水對他說：「忠義之士行非忠義之事，卻自認忠義而逝。世道難行，只剩善人互奪性命，令人情何以堪。」

「你想說什麼？」

「我的意思是說，只靠忠義，噢不，光靠善人是無法扶國立家的。在我看來，榊原家缺乏惡人，因而成為不幸的根源。」

說完，主水便離開了四谷。

譯註16 掌管大學寮的官員。大學寮為日本律令制的機關之一，主司直轄學校之營運。
譯註17 武家主君在與臣下見面時，會坐在比臣下高出一階的地方，這個地方就稱為「上段之間」。
譯註18 日本以說唱敘事的傳統藝能。
譯註19 日本古地名，相當於現今的愛媛縣。

當下傳內沒有意會過來主水話中的深意，後來才恍然大悟。

黑田右衛門佐忠之在繼承黑田長政的家業後，因行為放蕩不羈，導致政道混亂，頻頻觸犯幕府忌諱，不僅建造大型船隻鳳凰丸、設立步兵隊，甚至還與對幕府心懷不滿的駿河大納言忠長會面，因而成為幕府的眼中釘。為此，栗山大膳策劃一苦肉計，蓄意向主上控訴忠之有謀逆之意，列出其五十六條罪行，幾番對決下來，反而讓幕府明白忠之並無逆心，這才救了黑田家族的性命。對一個武士而言，沒有比被扣上不忠不義的污名更犧牲的事了。大石內藏之助對栗山大膳的行為讚許有加，說他為了貫徹武士之道寧可背負無法洗清的惡名，是無以倫比的忠誠之士。傳內推測，主水應該是在說這件事。

看來主水心中似乎有了什麼想法。其實傳內早就察覺到主水這段期間的生活起居、說話方式都與以前不同，他已經是兩個孩子的父親，不是那個綁著大髻的稚嫩美少年了。他的皮膚依然晶瑩透亮，還是美得令人無法直視，但肩膀變寬了、胸膛變厚了，穿起正裝更顯挺拔。現在主水的臉上有了鬍青，不苟言笑的態度、緊閉的雙唇，再加上渾厚的沉聲，給人的感覺十分穩重。他本來個性就比較文靜，處世也一向圓滑，但最近又變得更為柔和，舉手投足之間盡是靜秀之氣，令人感到有如春風拂面般的暖意。

傳內並不完全清楚主水心中的想法為何，如今那些長年服侍先主公的老臣都已去職自保，他實在想不透，像主水這樣的年輕人為何願意留在新主公身邊。傳內不知道主水有何圖謀，只知道他並不適合效命於新主公。如今新主公的官邸與私宅中，充斥著一群沒有家世的低俗之輩，這些人昨天還在街市上說書賣藝為生，今天卻穿著黑色正裝、腰間配著劣質的長短刀，在主公身邊狐假虎威。後宮更是不遑多讓，一個叫做阿系的可疑女子，以不潔之身偽裝成押原右內的女兒混入後宮，成了主公的枕邊人。她總是將稀疏的頭髮豎起綁結，每天盛裝打扮，儼然後宮之主的態度，還經常把以前在外面結交的朋友叫到宮裡，這些人有風月仲介所的老闆娘、堺町的舞女、仲介所家的女兒、女藝伎、吉原的小女孩、歌女，把後宮搞得跟風月場所和劇場後台一樣哄鬧不休。雖然傳內沒有親眼見過，但他大致上可以想像那樣的場面。

服侍在御前的新人，也只能用荒謬絕倫來形容，十幾個人中有獨眼的、兔唇的、少了隻耳朵的、缺了鼻子的，簡直沒有一個人模人樣的，令人不禁懷疑主公到底在想什麼。更無法無天的是，他還將原本是流浪武士的兩個小混混——多介子重次郎、清藏五郎兵衛取了赤鬼黑鬼的綽號，封兩百石，納為管理御前親信的心腹。

也難怪那些代代服侍榊原的老家臣會自行辭官去職，因為他們很清楚，一旦家道失序走樣，無論如何補救都難以回天，最後終難逃過一家離散的命運。要說的話，這就像魔界之現形，各種愚痴與惡念燃起了熊熊的修羅之火，導致世道顛三倒四，白黑不分，人情義理在這裡毫不通用。這種時候是多一事不如少一事，否則就有如火中拾栗一般，最終只是遍體鱗傷。在這樣的環境下，即便主水再有抱負也是壯志難伸。

主水不發一語地看著萩花叢。傳內從一旁看著兒子的側臉，突然發現他今天的裝扮中帶著一絲輕挑而華麗的氣息。

雖然他像平常一樣，穿著印有家紋的短身薄和服、茶色直條寬褲，但領口卻刻意露出了淡紅色的襯衣。不僅如此，還剃了有如戲子般的寬額髮型，綁著歌舞伎演員般的細長束髮，看上去相當荒唐。這是傳內第一次看到主水做這樣的裝扮，令人不禁懷疑他別有用心。

「你今夜可是要赴賞月宴？」

「是的。」

「真是出乎意料的幸運啊。」

「此話怎講？」

「野呂勘兵衛當初為了殺死小栗美作，就是趁著賞月宴殺進日雲閣的。要攻殿有順法和逆法兩種，兩種都得順應時宜，而且都只能有一個目標敵人。野呂就是不知道這個道理，最後才會以失敗告終。話說你打算殺誰？對方是男是女？」

「父親何出此言？我沒有想要殺誰。」

「之前去明良家時，你說要在十三日後的賞月宴上做一件一生只有一次的事，所指何事？」

「我說的是在宴會上表演跳舞。」

「跳舞？誰要跳舞？」

「我。」

「你怎麼會跳舞？」

「我這陣子都在向幸若秀平學舞，要我跳一次給您看嗎？」

「你這是何苦？」

「入境隨俗，否則怎麼服侍主公？」

「所以你打扮成這樣，是為了跳舞給主公看？」

「是的。」

傳內愣愣地盯著主水一陣後，大罵了一句：「你這個蠢貨！」便憤然離席。

當晚的賓客有尾張宗春卿、酒井日向守、松平和泉守、松平左衛門佐，到場的親族則包括能勢因幡守、榊原七郎右衛門、同大膳等人。

月亮升起後，眾人便轉移陣地，到能夠俯望不忍池的二樓大宴會廳飲酒作樂。主公的愛妾阿系穿著紅萩花圖案的曙染[20]短身和服，腰間綁著純白的錦帶，正手拿金扇照著月影，跳著月魄之舞。就在這時，後方座位突然傳出一個聲音說：

「臭女人！真以為妳做的事沒人知道嗎？」

那人說第一次時，聲音被三味線和琴聲蓋過，只有身邊的人聽到。之後他又粗聲喊了三次，在場所有人都聽得一清二楚。

霎時，彈奏和說唱都停了下來，前方有如無浪的海面一般鴉雀無聲。只見政岑青著一張臉，怒瞪著後方咬牙切齒地說：「剛才說話的人給我出來！」

譯註20　日本一種傳統漸層染色法，因看上去像拂曉時的天空而得此名。

主水躲在同僚後方，雙手放在膝蓋上低頭而坐。被主公這麼一叫，他已是無地可躲、無處可逃，答了聲「是」後便跪膝走到上段之間前，向主公伏地而拜。

「你是何人？報上名來！」政岑拍了一下膝蓋怒斥道。

主水抬起頭來回答：「小的是三十人火槍隊隊長鈴木主水。」

「竟有長得如此清秀的火槍隊隊長？你剛才在台下說了什麼？再說一次來聽聽！」

「小的一時胡言亂語，主公不值一聽。」

「你整整說了三次，肯定不是一時胡言亂語。老實告訴我，你為什麼要那樣說？」

主水再次低下頭來說：「在這眾多達官貴人面前實在難以啟齒，還請主公恕罪。」

宗春卿聞言，不懷好意地看著阿系笑了出來。在座賓客也來了興致，紛紛放下酒杯看起了好戲。「快說！」、「小的不能說！」、「我要你說！」、「小的不能說！」兩人一來一往了一陣後，政岑不耐煩地亮出配刀，單膝立起威脅道：「再不說，我現在就砍了你！」主水一副做好覺悟的表情，「小的不說是怕污了主公的耳朵，但既然主公堅持，小的就如實以告吧。」

「這位跳舞的女人以前叫做阿系，與小的是相好的舞友。我倆郎有情妾有意，甚至曾約定要結為夫妻，後來卻突然斷了聯繫未再相見。小的一直忘不了她，令人驚訝的是，她竟被押原大人收為養女，受到主公的寵幸。小的對她一直無法忘懷，無奈宮門守衛森嚴，不得其門而入。沒想到七月初值班夜守時，竟在侍衛歇息處的外廊遇見了她。我倆互訴衷腸，她還給了小的一把舞扇，讓小的一解相思之苦。但此扇終成『散』，之後她便音訊全無。今夜赴宴，看到她竟能若無其事地在台上跳舞，小的一時忍不住心中怒火，才對著台上口出惡語。」說完，主水再次伏地而拜。

政岑臉色一沉，但瞬間又換上戲謔的表情，轉頭看向阿系。

「妳聽到了嗎？此人說妳送了他一把扇子。」

「聽到了。」

「他還說，妳與他以前是相好的舞友。」

「他是那樣說了沒錯。」

「妳去把他踢出去！他一定是被妳的美貌沖昏了頭，才會說出這樣的胡話，妳去用扇子把他打醒！」

「可是……」

「去打！給我使勁地打！」

阿系原本低著頭，突然全身一軟，趴跪在地上說：「臣妾知罪！」說完，她用和服的長袖摀著臉哭了起來。政岑坐在坐墊上扶著手枕，身體往前一傾，橫眉怒目地瞪向有如垂花般趴在地上的阿系。

「此人所言當真？妳別哭了，抬起頭說話。」

阿系聽命抬起頭來，眨著被淚水沾濕的長睫毛，垂眼看著自己的膝蓋。

「妳是否真與他在外廊密會？」

「是的。」

「妳當真給了他一把扇子？」

「當真。」

這時，一個名叫壽仙的藝人衝了出來，用扇子打了一下自己的禿頭說：「我有靈感了！讓我來吟詩一句，成人之美秋月宴。」然後向眾人行禮。

之後一名名叫立田川清八的力士、俳句作家貞佐也跟著站了起來，插科打諢岔開了話題。

政岑先是苦笑著喝酒，隨後語帶不悅地對主水喚道：「那邊那個火槍隊隊長，你過來。」

主水戰戰兢兢地來到政岑面前，政岑又對他說：「坐到她旁邊去。」

主水聽命坐到了阿系的旁邊。

「你們長得倒是般配，不如趁這個機會共舞給我瞧瞧。」

政岑說完，對退到後方的押原右內吩咐道：「我要讓這兩人共舞一曲，去讓原富彈三味線，庄五郎唱歌！」

「諾。」押原右內說完便起身安排。

那夜過後主水遭到拔官，帶著妻小搬出了位於湯島的長屋，在青山權田原租屋生活。野菊長到了院子的竹籬上，寒風過後只留下了枯寂。代代木的森林褪成了一片淡色，朝朝盡落銀霜。

主水沒有特別頹廢消沉，也並未因此變得鬱鬱寡歡，身體也毫無異樣。但自從那一晚後，他整個人都鬆懈了下來。以前他除了睡覺時間都一定穿著寬褲，現在不僅不穿了，腰帶也綁得相當隨意。妻子阿安坐在外廊邊縫衣服，一邊顧著在外面玩耍的太郎和阿德。阿安是個心性堅強的女人，她很清楚主水為何被趕出家門，卻並未捨棄這個做了傻事的夫君，甚至對此事隻字未提。

主水坐在外廊的向陽處，抱著膝蓋仰望天空。閒閒沒事做的他，隨口對阿安喚了聲：「喂。」阿安移開大腿上的衣物後轉過頭來，眼神中盡是沉穩與泰然。

「沒事。」主水又說。

阿安什麼也沒說，只是重新拿起衣物。

主水實在不知道阿安在想什麼，甚至不知道她有沒有在想什麼。女人心實在令人難以看透，她們每個人的心中，彷彿都有一道深淵似的。

「真搞不懂女人心。」

主水默聲呢喃道。

那天，主水本打算在賞月宴上跳群舞時刺殺阿系。其實也不一定要是阿系，也可以是押原右內、多介子、老鼠三武……任何人。只要能夠讓眾人清醒過來，華麗麗地大鬧一場又有何妨。

看到那些位高權重的老臣有如逃命一般紛紛去職，主水心中只感到遺憾。他很清楚，家中的衝突若不訴之以理，反而會招致大禍，內部相爭只會讓外敵有機可趁，前面有太多這樣的例子了。因此，對立是絕對不可行的，家中的亂子只能藏在檯面之下。既然如此，倒不如眼不見為淨，也就是說，這些老臣的退步是基於忠義之心。這樣的想法很有道理，但就是太有道理了，反而讓人匪夷所思。眼不見真的就乾淨了嗎？若真心為家為國著想，會選擇用這種淺薄的方式來處理嗎？如果不是，該怎麼做才好呢？主水想不出答案。但唯一知道的是，身為一個武士，絕對不能讓那群愚不可及的惡徒過得如此快活。他希望主公能夠明白世間正邪有別的道理，所以才想要刺殺惡徒，讓主公清醒過來。

近來每每舉辦酒宴，都會請人上來跳群舞助興，主水想殺的人全在群舞之列。平時他難以接近這些人，這無疑是他下手的大好機會。

那晚，主水加入了群舞之列，他決定對阿系下手，雖說這個女人只是押原右內上位的工具，但不可否認的是，她確實是害主上墮落的惡源之一。正當主水在後方座位靜待時機，阿系在前方跳起了舞。有毒的花總是特別美麗，這是他第一次正眼看到這個女人，看上去並不像大家口中的那種惡女。她的臉龐有如少女一般青澀稚嫩，舉手投足之間也沒有成熟女人的韻味，能看出她跳得相當賣力，但這恰恰證明了她的舞技並非特別精湛，眉眼間甚至暗藏著憂愁。

主水看著眼前的女人不禁心想，殺死她可能沒有太大的意義。她的死或許能給那群惡徒一些警醒，卻無法斷絕家中的禍根。要下手其實很簡單，只要刺殺她後逃離現場即可。但要殺死眼前這個嬌弱的女人，未免也太難看、太殘酷了。

這時，他想起自己七月初一那晚，在侍衛歇息處撿到的舞扇。

「真搞不懂女人心。」

主水再次呢喃道。其實兩人的密會、舞扇定情，都是他當下編出來的故事。但那女人竟然沒有否認，至於為什麼，至今仍是百思不得其解的謎團。

主水很想找人問個明白，如果阿安是個寬宏大量的女人，他就能告訴她那天晚上的來龍去脈，向她詢問女人心究竟在想什麼。他剛才突然叫阿安，原本是為了問這件事，最後卻還是開不了口。

兩個孩子依偎在母親身邊，主水看著那近乎固執、有如石頭般僵硬的背影，實在很想嘆氣。雖然沒了俸祿，但一家人的日子並非過不下去，還沒淪落到要幫人縫衣服為生，然而，家裡卻有一個堅持要接針線活的女人。

阿安很少在這裡坐這麼久，這天卻從早開始就一直坐在這裡，笨手笨腳地捲著細線。她很明顯有話想說，卻選擇透過沉默來表達自己的恨意。這也是無可厚非，畢竟聽到自己的夫君和別的女人在眾人面前跳那種不倫不類的舞，有哪個女人會不生氣呢？想必阿安的心裡是有恨的，她肯定感到不敢置信，甚至無地自容。但比起沉默，主水寧願阿安直接向他撒潑哭鬧。

就在這時，阿安把兩個孩子送進屋內，自己則坐到了主水身邊，沉下一雙細長的桃花眼，冷冷地說道：「我有事想跟你說。」

主水急忙正襟危坐，口氣強硬地回道：「什麼事？」

夫妻倆每次面對面，幾乎都是這樣的場面，那氣氛彷彿是要猜拳一決勝負似的。

「雖然我已答應對方不告訴你，但要我一個人保守這個秘密實在太過沉重。為一解心中鬱悶，我還是打算以實相告。」

「嗯。」主水頷首。

「昨晚，阿系姑娘來過。」

主水看向阿安的臉龐。

「她果真如傳聞所說，長得十分標緻。」

「她來做什麼？」

「她來謝謝你撿到她的舞扇。」

「這根本是無稽之談。」

「阿系姑娘說，她是為了讓你撿到，才故意在你值班之夜將舞扇丟在歇息處的。她以前住在三河台附近時就十分仰慕你，這些日子一直對你魂牽夢縈，之所以嫁給主上當側室，也是為了能夠見你一面。她還說，她人雖在主上身邊，心中卻只有你一個人，嘗盡相思的腸斷之苦。」

主水雙手抱胸，閉上了雙眼。

「阿系姑娘已被關押在飯倉的長屋中，主公已決定將她送到吉原為奴，她昨晚是特地來與你道別的。幕府已頒佈法令，從今年開始，只要是主上身邊不守節操的女人，就會被送到吉原為奴，至死不能離開妓院一步。她本想來這裡見你最後一面，卻怕見到你後徒留思念，便要我保守秘密，別把這件事情告訴你。」

九月二十七日晚上，主水收到一封陌生人的急信，對方在信裡說自己是住在池邊的松永久馬，有事要與主水見面詳談。主水急忙依址拜訪，對方卻出了門不在家。

因對方去的地方必須經過湯島，主水便沿著男坡往湯島而去。太陽剛下山，路上有不少準備到湯島妓院喝花酒的尋歡客。來到板倉家附近後，轉角麻糬店旁有一消防水桶，巡邏房的陰影處站了一群人。定睛一看，裡面有押原右內、多介子重次郎、松並典膳、瀨尾庄兵衛、原屋小八、清藏五郎兵衛、老鼠三武，還有五到七個不倫不類的下級武士，就連力士立田川也在，幾人就這麼凶神惡煞般地聚在牆邊。

看到眼前景象，主水瞬間明白了那封急信的用意，原來這就是見面詳談的意思。

那晚主水被拔官、準備退出宴會廳時，政岑對他說：「武家做事是有規矩的，你給我記住。」自古只要主上的女人不守節操，男女雙方都得受罰。阿系被送到吉原為奴，主水卻只有遭到拔官，這樣的處置實在有失公允。直到今日遭逢這群人，他才明白，原來一切都是早就安排好的。

老鼠三武看到主水便一刀砍了過來，但他連刀都拿不好，令人啼笑皆非。原屋小八唱著三味線的曲調，「噹唧唧唧」地向主水砍來，卻被主水腰斬而亡。

不到一刻的時間，男坡附近就遍地染血。押原右內壓著傷口逃進新花町，最後還是死在了主水的刀下。這一夜，主水共斬殺了十來人。

元文[21]元年（一七三六年）八月，一對男女在內藤新宿的橋本屋裡殉情自殺。男方是名叫鈴木主水的流浪武士，女方則是名叫白系的歡場女子。男人留下了一封遺書，上面寫著——

譯註21 日本年號之一，一七三六年—一七四一年，正值江戶幕府時代。

「我為長年假冒播州侯之名進出風月區一事深感慚愧。」

同年九月十五日，榊原家江戶的辦公處收到一封老中[22]共同署名的詔書，並快馬加鞭將消息傳回姬路。十月十二日，榊原家的三名親族——能勢因幡守、榊原七郎右衛門、同大膳來到江戶，於十三日進入將軍府，在諸位老中面前接受大目附稻生下野守的宣詔，說政岑因行為不檢點，令即退位受閉門思過之處分，但仍可居住於池塘旁的私宅。當月值班老中本多中務大輔宣旨，榊原家由嫡子小平太（當年八歲，後改名政永）繼承主位。十一月一日，將軍下令榊原領土更換為越後國頸城郡高田，並於隔年完成入主新地。同年，被監禁起來的政岑於池塘旁的私宅中逝世，死時三十一歲。雖不知主水的那封遺書在其中究竟發揮了多少作用，但有一說認為，這件事情甚至導致之後家臣的俸祿減半。元文二年底，民間開始流行〈白系曲〉這首歌。

譯註22 官職名。在未設置「大老」的情況下為幕府的最高官職，負責統領全國政務。

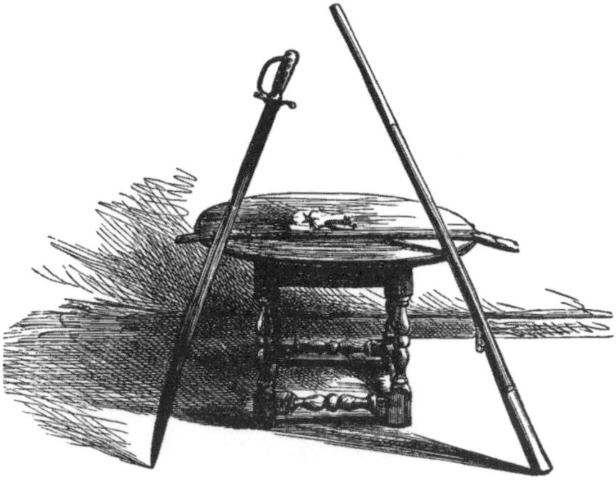

喪心病狂

當初受封時，大將軍還特地授與廄橋城十六鐵騎，一百四十年來，這十六鐵騎已發展出家世門第。他們隸屬於城地，若主公搬到姬路，他們就不再是酒井家的家臣，主公也會因此失去高貴的家族門面。

一

酒井家的第十代雅樂頭[1]——酒井忠恭為上野廄橋（前橋）藩之藩主，領地十五萬石。四年前的延享[2]二年（一七四五年），他成功躋身老中之列，成為最高行政機關的一員，直接效命於大將軍。

這可是大小諸侯夢寐以求的尊爵地位，照理來說，忠恭可對坐擁五十萬石百萬石領地的大諸侯頤指氣使。但當上老中後，他反而變得畏首畏尾，焦心勞思，承受不了權力的重擔，做什麼都害怕失敗，最後變得萎靡不振。

酒井家有不少失敗的前車之鑑，第四代雅樂頭忠清因太過專橫跋扈，遭革除大老職位、趕出位於皇居正門的官邸，並於退居大塚的私宅後切腹自殺。

第五代忠舉為河內守，他在出羽守柳澤吉保的調解下拿回家族的領地和官邸，好不容易又能回到江戶辦公。之後忠舉成為柳澤之亂的黨羽，眼見事情快要敗露，他以生病為由躲在家中，才勉強逃過一劫。

酒井家有個名叫犬塚又內的下級家臣，他和藏前的仲介商、製幣所的後藤等人，是深川和墨東地區鼎鼎大名的風月區玩家。又內鬢髮稀疏，臉色蒼白，雙頰削瘦，走路時總是仰著那張長臉，看上去搖搖晃晃的，彷彿蔓稍上被風吹得左搖右擺的絲瓜一般。他的外表雖弱不禁風，頭腦卻相當靈光，是個心性敏銳的才子。他為人機靈，處世圓滑，「八面玲瓏」這個詞彷彿是為他而發明的。

又內見忠恭一日比一日消沉，很是懊惱。有天他碰巧遇到從江戶回來的國家老[3]本多民部左衛門，便就此事與他商量。

「酒井家目前身兼重任，與井伊、本多兩家同為幕府巨頭，不能與其他諸侯相提並論。若稍有不慎，隨時可能惹來殺身之禍，讓家族蒙羞、領地受辱，那可

譯註1 掌管雅樂寮的官員。雅樂寮為日本律令制的機關之一，主司朝廷之音樂事務。

譯註2 日本年號之一，一七四四年—一七四八年，正值江戶幕府時代。

譯註3 「家老」為家臣中的最高職位。「國家老」為江戶幕府時代主君前往江戶時，留在領土處理政務的家老。

是無顏面對列祖列宗的大不孝。這若能激起主公的雄心壯志倒也還好，但他每天心慵意懶，怠於政務，再這樣下去，總有一天會連將軍密文都收不到。依拙見，盡忠職守、報答上恩等工作，還是得交給追求飛黃騰達的薄祿之輩，不知大人您對此有何高見呢？」

忠恭不堪重負，無法承受大任輔佐政事早已是眾人公認的事實。本多民部左衛門聞言點了點頭，毫不避諱地說道：

「早在主公晉升老中之列時，我們就已料想到會是這樣的結果。主上的麻煩就是臣子的麻煩，事已至此，不如索性請主公卸下重任。」

「這麼說大人是同意了。」又內向他確認。

「是的。」

「小的明白了。我在幕府內部有些門路，當前只要用些手段，要讓主公退位並非難事，還請您儘管吩咐。」

「也只能這麼做了，我心意已決，你就儘速處理吧。」

「悉聽尊便。」

「這件事可不好辦，你要怎麼跟主公開口呢……如果直言請主公卸下職務，可能會惹得他勃然大怒……。」

「大人英明，小的會見機行事，找適當的時機向主公諫言。若大人不嫌棄，就交給小的來辦吧。」

「那就拜託你了。」

得到對方的許諾後，又內便告辭了。

寬延[4]二年（一七四九年）春天，三月初三桃花節過後，又內若無其事地對忠恭說：「這是主公效命大將軍後迎來的第四個春天，主公平時的勞心傷神小的都看在眼裡。」

忠恭滿面愁容，擺著一張俗稱的苦瓜臉回道：「是啊。」然後消沉地嘆了一

譯註4 延享之後的年號，一七四八年—一七五一年，正值江戶幕府時代。

口氣。

「主公您生性自由豁達，終日為了上交的密文與瑣碎的公務費心勞力，肯定是心亂如麻。」

「密……密文十分講究舊例故習，著實令人勞心……我最近好像瘦了，你不覺得嗎？」

「主公確實消瘦不少，小的於心不忍啊……」

又內故作悲痛，一臉諂媚地仰頭看向忠恭。

「小的知道主公對主上竭智盡忠，但還請主公切勿過度勞累。」

忠恭像個鬧脾氣的孩子一般嘟起嘴巴，咋舌一聲。

「一想到還要處理政務……就令人厭倦。」

「既然如此，主公何不去職呢？」

忠恭拍了拍手枕，有氣無力地笑了兩聲。

「又內啊，你這小子別把事情說得那麼簡單……我是有辭意，但你有辦法嗎？」

「謹遵主公之意，」又內沒有正面回答，他低頭跪地，一本正經地問道：「主公希望小的怎麼做呢？」

只見忠恭動了動他那細長的下顎，悠悠頷首。

「我就告訴你吧。如果要辭去老中之職，最好能被主上賦予溜詰[5]之位，才能提升我們的家族顏面與世間聲望。」

這可是每個世襲諸侯的夢想，只要成為溜詰，就能夠以無職之身享有幕府最高家臣的待遇。

「我這個願望是否高攀了？」忠恭問。

「不，願望當然要愈大愈好……恕小的直言，憑主公身分之高貴，應胸懷更大的志願。」

譯註5 臣下前往江戶時大將軍所給予的最高席次，能夠與老中共議政事。

「你真是貪得無厭吶，此話怎講？」

「播州姫路的松本明炬大人即將要更換領土，說起姫路，那可是厩橋無法相比的好山好水啊！主公何不趁機提出與松本大人更換領土的要求呢？」

忠恭一聽，激動得將身子往前傾。

「此事可行？」

「絕對可行。」

「若此事得以成真，我就心滿意足了。」

「正好現在各地家老人都在江戶，小的這就去遊說他們，讓主公如願以償。」

又內一臉信心十足，一副勝券在握的態度。

二

忠恭辭職一事已獲得幕府許可，到了五月底，有消息指出主上將於忠恭辭去老中之職後賦予他溜詰之位，並將他的領地從廐橋換到姬路。

為此忠恭可說是春風滿面，他快馬回到廄橋，把城代[6]高須隼人、國家老本多民部左衛門、川合藏人、位同家老的松平主水、下級家臣、護衛首領、將領全都叫到官邸來，於宴客廳擺了一場盛大的歡慶酒席。席間忠恭宣布：「本多民部左衛門、奉書監察岡田忠藏以下的家臣，各加封一百五十石，其中又以犬塚又內功績尤其卓著，特賞六百石，另加封四百石，免除勞動之務，特封為江戶家老[7]。」

夕陽西下後，宴會場面變得更加熱絡，主僕同席杯觥交錯。一片酒酣耳熱之間，只見首席家老川合藏人滴酒未進，板著臉孔雙手抱胸，一個人悶悶不樂地坐著。

譯註6　官職名，於城主不在時代其守城之人。
譯註7　官職名，於江戶藩邸辦公的家老。

他是個滿臉皺紋、長相醜陋的老人，總是氣勢凌人地聳著肩膀，眼神散發出銳利之氣，每天都穿著一身黑色，腰間插著筆直的長刀。川合藏人是化顯門派的拔刀名人，是酒井家的代表性家臣，但因為他的個性冥頑不化，所以並不討人喜歡。

忠恭在上段之間悠悠地喝著酒，不時瞄向川合藏人的方向。因為在這一片歡樂的氣氛中，他看上去實在太反常了。

「藏人，你怎麼不喝酒呢？」忠恭忍不住開口問道。

藏人聞言，將原本抱胸的雙手放在膝蓋上，用低沉而沙啞的聲音說：「臣不想喝。」然後對忠恭責問道：「在這藩族大難之際，到底有什麼好慶祝的？」

忠恭聽了反問他：「此言實為逆耳，大難？你倒是說說哪來的大難？來，到這邊說給我聽。」

藏人來到上段之間的下方，一臉正色地說：「臣所言之大難是指換地一事。廄橋城所在之地正好能將江戶城一分為二，沒有比這裡更具優勢的領地了，所以列祖列宗都沒有更換領地，神明也指示過初代藩主切勿與人交換。當初受封時，大將軍還特地授與廏橋城十六鐵騎，一百四十年來，這十六鐵騎已發展出家世門第。他們隸屬於城地，若主公搬到姬路，他們就不再是酒井家的家臣了，主公會因此失去高貴的家族門面。臣實在不敢苟同主公為求城地不惜降低門第的作法也……臣懇請主公三思，主公應謹遵酒井家歷代家風，換地無疑是背棄先主公與神明之約定，踐踏初代藩主之名，愚不可及。」

藏人愈說愈激動，忠恭則是氣得滿臉通紅。

「閉嘴！休得無禮！你是在指責我背棄了酒井家家風？」

「主公莫急，且聽臣娓娓道來……依照酒井家歷代家風，是絕對不會賜給臣下超過兩百石封賞的，兩百石的負擔過於沉重。再說，又內、忠藏等人並無大功，何以加封四百石、一百五十石之多？」

忠恭聽完，更加氣急敗壞了。

「你是被初代藩主附身了是嗎？竟敢用這種傲慢的口氣跟我講話，而且滿口的歪理謬論！你的言下之意是要我切腹謝罪？」

藏人眼神一沉，雲淡風輕地含笑答道：「主公若切腹，藏人願相隨。」

忠恭的貼身護衛本都在一旁屏息以待，聽到這裡，其中一名護衛立刻起身對他說：「速速退下！」見藏人沒有回答，護衛又斥喝了一次。藏人抬頭看向護衛，凹陷的雙眼中閃著光芒，那眼神彷彿是在說：「有種就來啊。」

護衛見矛頭不對，準備拔刀迎戰。然而藏人卻在這時迅速起身，向忠恭行個禮便離開了上段之間。藏人退下後，忠恭也趁機回到內室。

兩天後，藏人收到了一批已裝好馬鞍的駿馬。這匹馬是忠恭的座騎，也是他送來求和的禮物。

藏人收到駿馬後特地去向主公謝恩，但全程都繃著一張臉，毫無服軟之意。

三

藏人姬路的住所位於姬路城西邊一個叫做船場御坊的地方，庭院邊境即是夢前川的潺潺水流。

這間房子光是玄關就有十個榻榻米大，書齋更有三十個榻榻米大，這在江戶可是千石高官都沒有的規模。

搬到姬路後，藏人還是不給忠恭好臉色看。每天日出前，他都會穿著淺黃色的木棉外套登城，將長刀插在腰際，刀鞘末端的金屬就有如長尾雉的尾巴一般露在身後。他總是若有所思地走在姬山草叢之間，沒有人知道他在想什麼，也沒有人知道他在謀劃什麼，只知道酒井家入主姬路那晚，藏人便親手殺死了自己的兒子內藏介。

內藏介少年得志，年紀輕輕就深受忠恭重用，受封為享有千石俸祿的江戶家老。然而，他當上家老後卻整日風花雪月，行為放蕩惹人非議。

內藏介充其量只是品行不良、血氣方剛的年輕人，但這看在藏人眼中卻是不可饒恕的滔天大罪。於是，他把內藏介叫到姬路，在倉庫將他一刀斃命，把屍體放入箱籠之中。

一位侍奉了藏人二十年的老僕說，當時內藏介在倉庫裡四處逃竄，而藏人只是站在一旁，冷冷地看著他連滾帶爬的身影，然後大喊一聲：「受死吧！」便俐落地砍下內藏介的頭顱。

八月底，犬塚又內因即將回到江戶，特地到藏人住處與他寒暄。這天藏人比以往更為鄭重其事，將又內帶到他的書齋。

「在你回江戶之前，我有件事情勞煩你去辦。」藏人以一種把他當自己人的口氣，「我有事要找姬路的僚友一談，正愁騰不出時間，又因此事涉及機密，不能用書信往來，所以我想請你幫個忙，在出發前約眾人來此一聚。你預計幾號出發呢？」

「這個月的二十號。」

「那就拜託你約民部左衛門於二十日傍晚來我家碰頭。你此次一去，我倆大概五、六年都不能相見，正事談完後順道一起喝一杯吧。雖然不是什麼山珍海味，但我會準備道光庵的蕎麥麵請大家享用，另外我也會邀請松平主水過來作客。」

「好的。」又內說完便起身離開。

二十號下午，藏人將老僕作左衛門叫到起居室。

「今日七時[8]我跟本多民部左衛門、犬塚又內、松平主水有密事要談，你去幫我們準備蕎麥麵。」

作左衛門在起居室門口正襟危坐，向主子頷首稱諾。

「有件事你要特別注意，今日會談事關重大，家裡不得有閒雜人等。尤其是那些愛碎嘴的三姑六婆，全都趕到長屋去，只在上菜時留人伺候，爾等只需聽令行事。」

譯註8　日本古時的時刻名稱，相當於現在的下午四點。

「守門護衛也要撤除嗎？」

「要。每個出口都要上鎖，只留你看守玄關。就算主公來令，你也不可離開玄關半步。沒有我的授意，無論發生任何事都不准入內，不得違令。」

「奴才明白了。」

七時許，民部左衛門、又內、主水三人按時來到宅邸，藏人特地出來門口迎接他們。

「歡迎諸位大駕光臨。」

藏人熱情地打完招呼後，便帶三人穿過庭院，來到偌大的書齋。主水看著地上連綿不絕的坐墊說：「好寬敞的宅院啊，通風又好，令人倍感涼爽呢！」

這時，作左衛門送來酒與酒碟。

「酒先淺嚐三杯，等事情談完再繼續慢酌。」

藏人拿起置碟台上的酒碟，喝了一碟後，將該碟遞給又內為他斟酒，又內喝完再遞給民部左衛門。

三巡過後，藏人先叫隨從來收酒，然後到廚房吩咐作左衛門：「去把所有人關進長屋，大小出口都要上鎖，幫每間房間擺上燭台。」

藏人回到書齋後對又內說：「你要好一陣子才會回到姬路，若你不嫌棄，我想要將你介紹給內人認識。如今在姬路你我同居家老之位，以後有許多地方還要請你多多關照。」

「大人太客氣了，那我就去跟夫人打聲招呼。」

語畢，兩人起身走出書齋。藏人帶又內穿過好幾個房間，來到一個八個榻榻米大的內房。

「請在此稍候，我去帶內人過來。」藏人說完便走出房間。

半晌，藏人突然回到房間，整個人擠到又內跟前，咬牙切齒地對他說：「你加害於主公，我不能就這樣放過你。」

見藏人用刀抵著自己文風不動，又內瞬間亂了分寸，驚慌失色地叫道：「你這喪心病狂之徒！我做了什麼事要遭此橫禍！」

見又內拔刀，藏人身體一扭，從胳膊的關節處砍下又內的右手。

「吾命休矣……」又內晃晃蕩蕩地想要起身，只見藏人刀起斜落，瞬間割斷了他的喉嚨。

確認又內斷氣後，藏人到浴室脫掉沾了血的兇衣，把臉和手腳上的血痕洗淨，換上事先準備好的夏衣，然後若無其事地回到書齋。

「又內大人在裡面與內人聊天。民部左衛門大人，我倆就先到別的房間談正事吧。雖然對主水大人有些不好意思，還請大人獨自在此稍候。」

主水聞言便走出外廊，靠在柱子上搧著扇子說：「無需介懷，我一個人在這裡吹風偷閒，自得其樂。」說完還對兩人行了個禮。

藏人與民部左衛門並肩而行，和剛才一樣穿過許多房間，來到一間位於北側的窄房。

「請大人在此稍候，我去帶又內大人過來。」

他作勢要走出房門，走到門邊又突然折返，一把抓住民部左衛門的右手。

「你與又內一同加害主公，我饒不了你！」藏人大吼出聲，拔刀出鞘，民部左衛門見狀，一個躍身退到牆邊。

「加害？我們加害主公何事？……你可不能血口噴人！平白無故斷人性命！」民部左衛門橫眉怒目，才拔出刀來，就被藏人砍下了右手。

「你玩真的！」

見民部左衛門伸出左手要拿刀，藏人先從正面砍向他的額頭，然後跨坐在他的身上，給了他致命的一刀。

民部左衛門斷氣後，藏人拭淨短刀上的鮮血，將短刀放在凹間，然後再度回到浴室，用洗手水洗淨身體，換上白色的單衣，套上麻質的正裝，兩手空空地來到玄關，此時作左衛門正威風凜凜地鎮守門口。

藏人拍了拍他的肩膀，笑著說：「喂，作左衛門，我談完事情了。說來話長，我殺了犬塚和民部左衛門。」

「那可不好了！」

「莫大驚小怪，我有事要拜託你。我要切腹，你來幫我斬首。在那之前，我先帶你去看看他們的死狀。」

說完，藏人便帶他去看又內和民部左衛門的屍體。

「你看，他們兩個都拔刀了，所以我並非趁人之危。」藏人將決鬥的過程鉅細彌遺地描述給作左衛門聽，「詳情我都寫在這封信裡了。你幫我斬首後，把這封信交給主水大人，後事就跟親族商議，一切從簡辦理……就這樣。」

說完，藏人解開衣襟，將短刀刺入自己的左腹。

作左衛門從後方將主人斬首後，便更衣前往書齋。

「抱歉讓大人在這邊久等了。主子要奴才告訴大人，他已在傍晚時分斬殺本多和犬塚兩人。」

主水一臉泰然自若，只問了一句：「過程順利嗎？」

作左衛門點點頭說：「相當順利。」

「很好……事已至此，先別讓你家主子切腹。」

「來不及了，主子已經切腹了。」

他從懷中拿出藏人的遺書交給主水。

「詳情都寫在這封信中。」

主水接過信回道：「這封信先寄放在我這，到時我會與其他監察一起拜讀。」然後抽了兩三口菸又說：「你去巡視一下火燭和廚房，以防出了什麼紕漏。」

說完，主水請作左衛門拿來筆墨，開始振筆疾書，寫信給護衛、監察，以及親族。

作者簡介

久生十蘭（ひさおじゅうらん，一九〇二—一九五七）

日本小說家，出生於北海道函館，本名阿部正雄。一九二九年，二十七歲時赴法國巴黎高等物理學校、國立巴黎技藝學校，學習透鏡工學及戲劇電影。一九三三年回到日本，擔任明治大學文學部講師、文學座（劇團）舞台導演，以本名於《新青年》發表翻譯、歐洲見聞等文章，並發表第一部本格派推理作品〈黃金遁走曲〉。

一九三七年，久生十蘭於《文藝》發表了〈湖畔〉，以及知名短篇〈黑色記事本〉。一九三九年，〈湖畔〉受推理小說之父江戶川亂步推薦，獲得第一屆新青年賞。一九四七年，發表於《苦樂》的

〈預言〉，收錄至偵探作家俱樂部（日本推理作家協會的前身）的「偵探小說年鑑一九四八年版」。一九五一年，發表於《ALL讀物》的〈鈴木主水〉，獲得第二十六屆直木賞。一九五三年，發表於《讀賣新聞》的〈母子的模樣〉，經翻譯後，一九五五年獲選《紐約論壇報》（*The New-York Tribune*）所舉辦的第二屆世界短篇小說競賽首獎。

久生十蘭的筆鋒精湛、風格機智詼諧，也有其獨特的殘酷美學，字裡行間充滿魔術般的魅力，令人著迷。擁有「小說魔術師」、「日本最強奇幻小說家」、「多面體作家」等稱號。一九五七年，因食道癌病逝。

鈴木主水

武士的非法正義，久生十蘭的推理懸疑短篇集

初　　版　2022年10月
定　　價　新台幣365元
ISBN　978-626-7096-18-5（平裝）

國家圖書館出版品預行編目(CIP)資料

鈴木主水：武士的非法正義，久生十蘭的推理懸疑短篇集 / 久生十蘭 著；劉愛夌 譯 .-- 初版 . -- 台北市：四塊玉文創有限公司，2022.10
208面；14.8X21公分 . -- (HINT：7)
ISBN 978-626-7096-18-5(平裝)

861.57　　111013935

書　　名　鈴木主水
作　　者　久生十蘭
譯　　者　劉愛夌
策　　劃　好室書品
特約編輯　陳靜惠、陳楷錞
封面設計　劉旻旻
內頁美編　洪志杰

發 行 人　程顯灝
總 編 輯　盧美娜
美術編輯　博威廣告
製作設計　國義傳播
發 行 部　侯莉莉
財 務 部　許麗娟
印　　務　許丁財
法律顧問　樸泰國際法律事務所許家華律師

藝文空間　三友藝文複合空間
地　　址　106台北市安和路2段213號9樓
電　　話　(02)2377-1163

出 版 者　四塊玉文創有限公司
總 代 理　三友圖書有限公司
地　　址　106台北市安和路2段213號9樓
電　　話　（02）2377-1163、（02）2377-4155
傳　　真　（02）2377-1213、（02）2377-4355
E-mail　service@sanyau.com.tw
郵政劃撥　05844889三友圖書有限公司

總 經 銷　大和書報圖書股份有限公司
地　　址　新北市新莊區五工五路2號
電　　話　（02）8990-2588
傳　　真　（02）2299-7900

SANYAU
http://www.ju-zi.com.tw
三友圖書
友直 友諒 友多聞

三友官網　三友 Line@

HINT

HINT